KW-363-747

Stefan Beuse

Das Buch der Wunder

Roman

:mairisch verlag

[mairisch 58]
1. Auflage, 2017
© mairisch Verlag 2017
www.mairisch.de

Lektorat: Daniel Beskos, Peter Reichenbach
Korrektorat: Annegret Schenkel | www.korrektorat-schenkel.de
Umschlaggestaltung: Carolin Rauen | www.carolinrauen.com
Autorenfoto: Simone Scardovelli | www.scardovelli.de
Druck: Beltz Grafische Betriebe
Gedruckt in Deutschland
Alle Rechte vorbehalten

ISBN der Buch-Ausgabe: 978-3-938539-44-6
ISBN der E-Book-Ausgabe: 978-3-938539-77-4

Mystery creates wonder and wonder is the basis
of man's desire to understand.

Neil Armstrong

I

HAUS AUS LICHT

I

»Was glaubst du?«

Penny hielt den Stein genau vor die Sonne.

»Was glaubst du, wie viel Karat sind das?«

Sie betrachtete die Einschlüsse. Kleine Bläschen, winzige Äste in einem sattgrün strahlenden Meer.

Einschlüsse bedeuten nicht immer eine Wertminderung, hatte ihr Vater gesagt. Sie verleihen dem Stein oft erst seine Einzigartigkeit.

Penny drehte den Smaragd vor dem Licht. Er wog schwer in der Hand und wies ein lebhaftes Feuer auf.

»Was meinst du, was ist der wert?«

Sie zog einen Ärmel ihres Kleides über die Hand, befeuchtete das Stück Stoff über ihrem Zeigefinger und polierte damit eine Stelle, die stumpf geworden war von der Erde.

»Meinst du, wir sind jetzt gemachte Leute?«

Tom stieß Luft durch die Nase.

»Gemachte Leute.«

Er warf einen Blick auf das, was sie in der Hand hielt.

»Das ist Glas, Penny. Wahrscheinlich von einer Flasche.«

Seine Schwester kniff ein Auge zu, wie ihr Vater, wenn er am Werktisch saß und die Lupe vor das andere Auge klemmte.

»Sieh dir das an.«

Sie bewegte den Stein so langsam, dass jede Facette einzeln aufblitzte.

»Das ist ein echtes Prachtstück.«

Grünes Licht zitterte über ihr Gesicht, und Tom musste an dieses Bild aus der Kinderbibel denken: Eva im Paradies.

Die erste Frau der Welt stand lächelnd in einem Kornfeld, das genauso gelb leuchtete wie der Ginster hinter Pennys Kopf. Sie lächelte etwas an, das sich außerhalb des Bildes befand, und Penny hatte immer wissen wollen, was das war.

Adam natürlich, hatte Tom gesagt, ohne einen Witz machen zu wollen. Wer denn sonst.

Ihn selbst hatte immer bloß interessiert, wie das Kornfeld ins Paradies gekommen war. Er glaubte nicht, dass Adam und Eva so viel Getreide brauchten, dass sie gleich ein ganzes Feld anlegen mussten. Und Gott erschuf nur die wichtigen Dinge. Den Himmel. Das Meer. Aber bestimmt keine Kornfelder.

Ach, die Bibel, hatte ihr Vater erklärt. Die Bibel ist so eine Art Märchenbuch. Man muss das alles nicht immer so wörtlich nehmen.

Das Korn steht für etwas anderes, sagte ihre Mutter. Die Bibel ist voller Bilder, die weit mehr bedeuten als das Offensichtliche.

Dass das Buch voller Bilder war, sah Tom selbst. Aber seine Mutter meinte gar nicht die Zeichnungen. Sie meinte etwas, das überhaupt nichts mit gemalten Bildern zu tun hatte, und Tom fand das anstrengend. Er verstand nicht, warum seine Mutter Dinge sagte, die sie nicht meinte. Er verstand nicht, warum in der Bibel Sachen standen, die eigentlich etwas anderes bedeuteten. Und er verstand auch nicht, wieso er, nur weil seine Schwester vor einem Ginsterbusch hockte, an dieses Bild vom Paradies denken musste.

Immer weiter tanzte das grüne Licht über ihre Haut. Penny blinzelte an dem Glas vorbei in die Sonne und kniff die Augen zusammen.

»Hör auf damit.«

Tom drückte ihre Hand mit dem Klumpen darin nach unten.

»Davon kriegst du ein Loch in der Netzhaut.«

Penny schüttelte seine Hand ab und legte den Stein in die Mulde, die ihr Kleid zwischen den Oberschenkeln bildete.

»Loch in der Netzhaut, Loch in der Netzhaut.«

Sie schloss die Augen.

»Dafür ist die Sonne doch viel zu weit weg.«

»150 Millionen Kilometer«, sagte Tom. »Das ist nichts. In kosmischen Dimensionen ist das gar nichts.«

Dass 150 Millionen Kilometer in kosmischen Dimensionen gar nichts waren, hatte er aus der *Welt der Wissenschaft*. Die *Welt der Wissenschaft* lag immer auf dem Couchtisch bei ihnen im Wohnzimmer, und jeden Tag nach der Schule las Tom darin. Er legte sich aufs Sofa, wie sein Vater, wenn er Feierabend hatte, er vergrub die Füße unter dem mittleren Sitzkissen, schlug das Buch auf und sagte am nächsten Morgen: Wusstet ihr, dass Mikroorganismen etwa siebzig Prozent des gesamten Lebens auf der Erde ausmachen? Dass es mindestens zwei bis drei Milliarden verschiedene Arten davon gibt?

Sein Vater sah ihn dann verblüfft an, weil er Tom für zu jung hielt, um die Welt der Wissenschaft zu verstehen. Das ist noch zu komplex für dich, sagte er. Das erklär ich dir, wenn du groß bist.

Trotzdem sind davon bisher weniger als 0,5 Prozent überhaupt entdeckt und klassifiziert worden, ergänzte Tom.

Ganz langsam, dicht über seinen Teller gebeugt, begann

sein Vater zu nicken, und Tom wusste, dass er etwas geschafft hatte.

Seine Mutter setzte die Tasse ab.

Ja, findet ihr das nicht unglaublich?, fragte sie. Wie wenig wir eigentlich wissen?

Tom hatte sich seine Schultasche geschnappt und war nach draußen gerannt. Er wusste nicht, was genau ihn so aufgebracht hatte, aber es war dieselbe Art von Wut, die er jetzt auch seiner Schwester gegenüber empfand.

»Weißt du eigentlich, wie heiß die Sonne ist?«, fragte Tom.

Penny krümmte die Finger ihrer rechten Hand zur Faust und hielt sie wie ein Fernrohr vors Auge. Sie ließ eine punktgroße Öffnung, durch die gleißendes Licht fiel. Dann drückte sie den Tunnel zu und öffnete ihn wieder. In der Krümmung ihrer Finger leuchtete es rot.

»Fast 6.000 Grad«, sagte Tom.

Penny nahm den Smaragd in beide Hände. Spürte sein Gewicht.

»Du bist ja bloß neidisch.«

Vorsichtig legte sie ihn in die Kiste zu den anderen Steinen.

»Weil du noch nichts hast.«

»Neidisch.«

Tom ließ Erde in das Sieb fallen.

»Wenn ich *Glas*scherben suchen würde, hätte ich schon eine ganze *Wagen*ladung davon.«

»Wenn ich Ge*rippe* suchen würde, müsste ich dringend mal zum *Arzt* gehen.«

»Ich suche keine Gerippe.«

Tom warf die Erde mit dem Sieb hoch.

»Sondern?«

»Verstehst du sowieso nicht.«

Er nahm den Eimer und rappelte mit dem Inhalt.

»Außerdem ist hier drin schon alles voll davon.«

»Voll von was?«

Tom merkte, dass sein Unterschenkel einschlief. Vorsichtig verlagerte er das Gewicht, streckte ein Bein aus und bewegte die Zehen.

»Knochen.«

Penny beugte sich über den Eimer. Ein paar gelbliche Brocken lagen darin, die an versteinertes Kaugummi erinnerten.

»Das sind doch keine *Kno*chen.«

Sie wollte eines der Stücke anfassen, traute sich dann aber doch nicht und zog ihre Hand zurück.

»Papa hat gesagt, dass hier früher eine Kneipe war.«

Tom klopfte mit der flachen Hand auf das Beet.

»Genau hier. Wo jetzt unser Garten ist. Und dann ist eine Bombe draufgefallen. Im Krieg.«

Pennys Augen wurden groß. Ihre Iris kam ihm plötzlich noch grüner vor als sonst.

»Und deswegen suchst du nach Knochen?«

Sie wich vor dem Eimer zurück und setzte sich ein Stück weiter nach hinten.

»Das ist *ek*lig, Tom.«

»Das ist der Grund, warum du hier so viel Glas findest.«

Er nickte in Richtung ihrer Kiste.

»Geschmolzene Flaschen. Das sind deine Schätze.«

»Als ob Flaschen schmelzen könnten.«

»600 Grad«, sagte Tom. »Der Transformationsbereich von Glas. Ab da wird es formbar.«

Penny hatte keine Ahnung, wovon er sprach. Sie drückte die Schaufel in die Erde und achtete darauf, keine Wurzeln zu durchtrennen. Die feinen Lebensadern der Pflanzen nicht zu verletzen. Als würde man Haare zerreißen, so fühlte sich das an, und von dem rupfenden Geräusch, das dabei entstand, zog sich alles in ihr zusammen.

Tom schüttelte das Sieb, bis nur noch Bröckchen über das Plastikgitter sprangen. Er wollte gerade mit der Untersuchung des Materials beginnen, als seine Schwester einen Schrei ausstieß.

Penny streckte ihm die Schaufel entgegen. Aus der Erde darauf ragte ein langes, regenwurmartiges Ding.

»Wirf das weg«, sagte er. »Das ist voller Keime.«

Tom wusste, dass sie Mäuse im Garten hatten. Immer nach Feierabend kam ihr Vater in seinem weißen Uhrmacherkittel aus der Werkstatt und zählte die Erdhäufchen auf dem Rasen.

Diese verfluchten Biester, schimpfte er dann. Die Biester sind immun geworden gegen das Gift.

Das Gift waren kleine Schwefelkegel, die man an der Spitze anzünden und tief ins Mauseloch drücken musste, damit der Rauch in das verzweigte Tunnelsystem unter der Erde drang und die Schädlinge vernichtete.

»Wirf das weg«, wiederholte Tom und deutete unter den Ginster.

Langsam ließ Penny die Schaufel sinken.

»Ist das eine Maus?«

»Eine Wühlmaus, ja.«

Tom beugte sich über den leicht behaarten Ringelschwanz.

»Sie ernährt sich von Wurzeln und Zwiebeln. Das ist der Grund, warum Papa sie loswerden will.«

»Weil die Pflanzen sterben, wenn sie keine Wurzeln mehr haben«, sagte Penny, und Tom zog den Ärmel seines Pullovers über die Hand. Er nahm den Schwanz zwischen Daumen und Zeigefinger, hob die Maus aus der Erde und spürte das unruhig baumelnde Gewicht zwischen seinen Fingern wie einen Juckreiz.

Tom starrte auf die winzigen Erdkrumen im Fell und dachte: Mikroorganismen. Zwei bis drei Milliarden verschiedene Arten. Davon über 99 Prozent noch unentdeckt.

Er schleuderte die Maus von sich. Mit einem sehr kleinen Geräusch landete das Tier unter dem Ginster.

»Was machst du denn da?«

Penny kroch zu ihr.

»Du kannst sie doch nicht einfach wegwerfen!«

Die Maus war kleiner, als er gedacht hatte. Ihr Mund stand offen, die Augen waren zu Strichen geschlossen. Wie im Zeichentrickfilm, wenn jemand ohnmächtig wird.

»Tom! Ich glaube, sie atmet noch!«

Pennys Augen funkelten.

»Wir müssen ihr was zu fressen geben!«

Seine Schwester rupfte Gras aus und legte es neben die offene Schnauze. Sie zog Blütenblätter vom Ginster und hob das Mäuseköpfchen an.

»Nicht, Penny, die ist voller Bazillen!«

Sie bettete den Kopf auf eine Schicht aus gelben Blättern und murmelte etwas, das Tom nicht verstand: ein seltsam beruhigender Singsang, der ihn einen Moment lang vergessen ließ, was er wusste. Er wusste, dass die Maus tot war.

Der steife Körper. Die aufgerissene Schnauze, erstarrt im Moment des Schmerzes.

Tiere empfinden keinen Schmerz, hatte sein Vater gesagt. Die sind wie Pflanzen. Die spüren nichts.

»Aber sie kann doch nichts essen.«

Tom schüttelte den Kopf.

»Du bist so dumm. Wenn sie wirklich aufwacht, muss sie erst mal trinken.«

Tom merkte, dass er rot wurde. Er spürte Pennys Blick und wandte sich ab. Sein Gesicht glühte. Für eine kurze, schreckliche Sekunde wusste er gar nichts mehr.

Ein Wissenschaftler versagt nicht.

Tom sprang auf und rannte zum Juweliergeschäft seines Vaters.

Ein Wissenschaftler irrt sich und lernt daraus.

Ein guter Wissenschaftler stellt seine Erkenntnisse ständig infrage.

Tom drückte die Tür zur Werkstatt auf. Sein Vater saß an dem Tisch vor dem Fenster. Die Lupe klemmte in seiner rechten Augenhöhle, er war dicht über ein Uhrwerk gebeugt und hielt einen winzigen Schraubendreher in der Hand.

Als Tom fragte, was Mäuse für gewöhnlich trinken, sah er auf. Das Auge seines Vaters wurde durch die Lupe stark vergrößert. Sein Blick schien von weit her zu kommen, aus einem Land, in dem kleine Zahnräder präzise ineinandergriffen und eine Mechanik in Gang hielten, die man erst verstand, wenn man alt genug war.

Tom wiederholte die Frage, und erst jetzt meinte das Riesenauge wirklich ihn. Sein Vater nahm die Lupe ab, ließ sie in die Brusttasche seines Kittels fallen und folgte ihm in den Garten.

Penny sang der Maus gerade etwas vor. Sie war so vertieft, dass sie die beiden nicht kommen hörte.

Ihr Vater blieb in einiger Entfernung stehen und sah zu, wie seine Tochter vor einer auf Blütenblätter gebetteten Maus kniete und ein Lied sang. Es war *Row, row, row your boat.* In Pennys Alter hatte Tom es auch in der Schule gesungen, eine harmlose Melodie, aber der Text handelte davon, dass alles nur ein Traum war, das ganze Leben, und dass es bloß darum ging, sein Boot ruhig über den Fluss zu steuern. Tom fand das unheimlich. Er wollte nicht, dass alles nur ein Traum war. Er wollte, dass immer mehr entdeckt und entschlüsselt wurde, und jetzt wartete er darauf, dass sein Vater etwas sagte. Dass er mit Penny schimpfte oder sie vor dem Gift in der Maus warnte. Aber er stand einfach nur da und klopfte schweigend gegen die Brusttasche mit der Lupe darin.

»Ich hab ihr schon erklärt, dass das nichts bringt.«

Tom hakte die Daumen hinter den Hosenbund.

»Die ist doch tot wie sonst was.«

Sein Vater sah regungslos zu, wie seine Tochter Glasbrocken aus einer Kiste nahm und um die Maus herum verteilte.

»Oder?«

Tom blickte ihn von unten an.

»Oder, Papa?«

Sein Vater war lang und dünn. Er vergrub die Hände in

den Kitteltaschen, und Tom hatte plötzlich Angst, dass der nächste Windstoß ihn einfach wegwehen könnte.

»Aber natürlich, Junge.«

Sein Vater legte ihm eine schlaffe Hand auf den Kopf.

»Das weißt du doch.«

Dann drehte er sich um und ging. Tom sah ihm nach. Sein Vater machte kleine Schritte, sein Kopf war gesenkt und hing ein bisschen schief, wie bei der Maus.

»Row, row, row your boat gently down the stream – merrily, merrily, merrily, merrily, life is but a dream«, sang Penny.

Hinter seinem Vater fiel die Tür zu. Durch das Fenster sah Tom ihn am Werktisch Platz nehmen und die Lupe vors Auge klemmen, aber er beugte seinen Oberkörper nicht über das Uhrwerk, er starrte weiter nach draußen, durch eine Lupe, die nichts klarer machte in der Entfernung, sondern alles verschwimmen ließ.

Tom hockte sich neben seine Schwester und sah zu, wie sie immer mehr Glas übereinanderschichtete.

»Was machst du denn da?«

»Ich baue ihr ein Haus«, sagte Penny. »Ein Haus aus Licht. Damit sie es schön hat, wenn sie aufwacht. Und denkt, sie ist eine Kaiserin oder so. Bei dem ganzen Reichtum. Den ganzen Edelsteinen.«

Das Flaschengrün ihrer Iris war voller Einschlüsse. Als hätte jemand das noch nasse Pupillenschwarz mit einem feinen Pinsel durch die wässrige Farbe gezogen, bis jeder Strahl auf andere Art zerfasert und verästelt war.

»Penny …«

Tom schüttelte den Eimer, in dem er die Knochen gesammelt hatte. Es klapperte hohl und klang nach Plastik.

»Glaubst du wirklich …«

Er suchte nach den passenden Worten, als seine Schwester plötzlich aufsprang und in Richtung des Hauses lief.

»Mama!«

Ihre dürren Strumpfhosenbeine stapften die Stahltreppe vom Garten hoch zu ihrer Wohnung.

»Mama, den Löffel, schnell!«

Ihre Mutter drückte ihnen jeden Tag Lebertran aus einer großen blauen Tube direkt auf den Löffel. Ein Löffel voll Licht, nannte sie das. Da ist das Sonnenvitamin drin, sagte sie. Damit ihr groß und stark werdet.

Damit ihr euch in der Schule besser konzentrieren könnt, sagte ihr Vater. Vitamin D ist wichtig für Wachstum und Knochenaufbau.

Davon, dass es auch helfen konnte, Mäuse von den Toten zurückzuholen, hatte er nie etwas gesagt.

Tom starrte auf den pelzigen Körper inmitten der Scherben. Grünes, gelbes, rotes und weißes Licht fiel über die Maus. Wie in der Kirche, wenn die Sonne durch das große Fenster mit den farbigen Scheiben leuchtete.

Er beugte sich dicht über das Tier. Beobachtete den Bauch, die Krumen im Fell. Kurz meinte er, eine Bewegung wahrzunehmen. Aber das musste der Schatten eines Blattes gewesen sein.

Tom wartete, bis die Tür hinter Penny zugefallen war. Dann stand er auf und rannte in die Werkstatt.

2

Der Arbeitsplatz seines Vaters war verlassen. Durch die halb geöffnete Tür zum Laden sah Tom ihn am Verkaufstresen stehen und mit einer Kundin sprechen. Sein Vater hatte ihm den Rücken zugewandt, er gestikulierte mit beiden Armen, und Tom starrte auf das Weiß seines Kittels. Über dem Rückgrat verlief ein scharf gebügelter Kniff, der mit jeder Bewegung einknickte.

Plötzlich ein Rasseln, direkt neben ihm. Ein hohles, krankes Luftholen, gefolgt von durchdringendem Gongen.

Tom vergaß immer wieder, dass die ganze Werkstatt voller Uhren hing. Küchenuhren, Kuckucksuhren, Wanduhren, antik und modern, mit Pendel, ohne Pendel. Sie warteten darauf, wieder in Ordnung gebracht oder abgeholt zu werden, und zu jeder vollen und jeder halben Stunde pingte und kuckuckte es, mischte sich helles Klingeln in mächtiges Gongen. Tom fuhr davon jedes Mal ein Schreck durch die Glieder, aber sein Vater hatte sich wohl so an das sonderbare Konzert gewöhnt, dass er es gar nicht mehr wahrnahm. Er stand einfach weiter mit der Kundin vor der Vitrine und machte Marionettenbewegungen, während Tom eine der Zigarrenkisten vom Regal nahm und hastig eine Papiertüte herauszog.

Für jede Uhr, die gebracht wurde, beschriftete sein Vater ein Reparaturtütchen. Er schrieb darauf den Namen des Kunden und was repariert werden musste, er malte klare, blaue Druckbuchstaben, und nachdem die Uhr abgeholt worden war, strich sein Vater das leere Tütchen mit der Handkante glatt und legte es in eine Zigarrenkiste. Tom hatte nie begriffen, warum er das tat, die Tütchen hatten keine Funktion mehr, aber wenn eine Kiste voll davon war, stellte sein Vater sie ins Regal wie eine Trophäe.

Tom lief zurück in den Garten und sah hoch zum Ende der Stahltreppe. Penny war noch immer in der Wohnung.

Schnell zog er den Ärmel seines Pullovers über die rechte Hand, drückte mit der anderen die Kanten des Tütchens zueinander und griff vorsichtig, damit er den Scherben nicht zu nahe kam, über die gläserne Mauer.

Die Maus passte nicht ganz. Sie war zu groß für die Tüte, der Schwanz wölbte sich oben raus.

Eine Maus gehört nicht in eine Tüte, die für kaputte Uhren vorgesehen ist, dachte Tom. Er hätte sie einfach dalassen sollen, aber jetzt war es zu spät. Jetzt hatte er etwas begonnen, und wenn man etwas begonnen hatte, musste man es auch zu Ende führen. Selbst, wenn man plötzlich überhaupt nicht mehr wusste, was man da eigentlich tat.

Er wusste nur, dass etwas anders gewesen war, als sein Vater mit kleinen Schritten und schiefem Kopf zurück in die Werkstatt gegangen war. Etwas Dunkles, Unsichtbares hatte über ihm gelegen, etwas, über das man besser nicht nachdachte, und jetzt machte das Gewicht der Maus etwas Komisches im Bauch.

Tom biss die Zähne aufeinander und drückte mit der Schaufel auf den Mäuseschwanz, bis er in der Tüte blieb. Er faltete die Tüte oben zusammen und zog seinen Pullover darüber.

Mit jedem Schritt auf den Stufen wurde das stählerne Dröhnen der Außentreppe lauter, hallte es in seinem Kopf wie die Glocken des Kirchturms, den er von seinem Bett aus sehen konnte.

Tom drückte die Balkontür zur Wohnung auf. Seine Schwester kam ihm entgegen, in der Hand einen Löffel voll Lebertran. Sie starrte darauf wie beim Eierlaufen.

»Da kommt ja der Nächste«, sagte seine Mutter.

Penny wollte an ihm vorbei. Er machte Platz, damit sie die Hand mit der Tüte darin nicht gegen seine Haut drückte.

»Ein Löffel voll Licht«, sagte seine Mutter, und Tom fixierte die glibberige gelbe Paste, die Hand in das Tütchen verkrallt.

»Deine Schwester hat auch schon, stell dich nicht immer so an.«

Penny mochte den Lebertranglibsch. Sie öffnete jedes Mal bereitwillig den Mund, wie die alten Frauen in der Kirche bei der heiligen Kommunion. Tom hatte nie verstanden, warum sie das taten. Warum sie die Hände nicht wie alle anderen zu dieser Bettlerschale formten, in die der Priester dann die Hostie legte, der Leib Christi, Amen, der Leib Christi, Amen, mit einem Blick, der die Hostie zu vergleichen schien mit dem unheiligen Gesicht vor ihm.

Der Priester hieß Johannes Zöllner, er sah einem streng in die Augen, und die alten Frauen formten mit ihren Händen keine Schale, sondern hielten sie gefaltet vor den Bauch. Sie öffneten ihre Münder wie Schnäbel, streckten die Zunge heraus, beugten den Oberkörper nach vorn, die Augen geschlossen, und warteten darauf, dass Johannes Zöllner ihnen die Hostie in das Loch ihres lippenlos offenen Mundes schob, damit sie den Leib Christi nicht beschmutzten.

Das Lächeln dieser Frauen, nachdem Johannes Zöllner ihnen die Oblate auf die Zunge gelegt hatte. Nachdem ihr Mund zugeklappt war, als säße der Leib Christi jetzt bei ihnen in der Falle.

Das ist, wie wenn einem ein Engelchen auf die Zunge pinkelt, sagte seine Mutter und meinte das Prickeln der Lebertranpaste im Mund. Noch mehr als vor dem Geschmack des gelbtransparenten Gelees ekelte sich Tom vor diesem Satz.

»Damit du groß und stark wirst«, sagte seine Mutter, und Tom spürte das Gewicht der toten Maus in seiner Hand.

Er schloss die Augen, beugte sich vor und öffnete den Mund. Er atmete nicht, während er den Glibber mit den Lippen vom Löffel zog, damit er ihn nicht riechen musste. Er unterdrückte den Brechreiz beim Schlucken und lief in das Zimmer, das er mit seiner Schwester teilte.

Lebertran, dachte er, den bitteren, leicht modrigen Nachgeschmack noch im Mund, ist ein dünnes, hellgelbes Öl, das durch das Pressen oder Erwärmen von Fischlebern gewonnen wird.

Langsam erwärmte Fischlebern, dachte Tom, obwohl er genau das nicht denken wollte. Dünnes, hellgelbes Öl.

Er zog die Tüte unter seinem Pullover hervor und sah den Mäuseschwanz durch das Papier schimmern wie den Schatten eines halben Fragezeichens. *Unruh austauschen 7,50* stand auf der Tüte, in der präzisen, wie gedruckt wirkenden Handschrift seines Vaters.

Tom konnte die Maus gerade noch hinter die Reihe mit den Was-ist-was-Büchern werfen, bevor er ins Bad rannte und sich übergab.

3

Was glaubst du«, fragte Penny, nachdem ihre Mutter das Licht bei ihnen ausgemacht hatte. »Glaubst du, die Maus hat es gut im Himmel?«

Draußen war die Dunkelheit blau, und normalerweise hätte Tom gesagt, dass es so etwas wie den Himmel gar nicht gab. Dass der Himmel nichts als eine Täuschung war, entstanden durch die Brechung und Streuung von Licht in der Atmosphäre.

Die Erde, Penny, dreht sich mit Überschallgeschwindigkeit durch eiskalten, pechschwarzen Raum, hätte Tom normalerweise gesagt, und nur diese schmale Dunsthülle verhindert, dass irgendwer das mitbekommt. Der Himmel, Penny, ist eine gigantische Illusionsmaschine, eine riesenhafte blaue Leinwand mit Sonne und Mond und Wolken drauf, und er ist nur da, um die Finsternis und die Leere dahinter vergessen zu machen, dieses allumfassende, monströse Nichts, von dem wir nicht mal wissen, ob es wirklich nichts ist, weil es zu über siebzig Prozent aus etwas besteht, von dem wir absolut keine Ahnung haben. Aber das sagte er nicht. Er sagte nicht, dass der Schwefel die Maus von innen zersetzt und ihre Lunge in einen blutigen Klumpen Matsch verwandelt hatte. Er sagte nicht, wie leicht sie plötzlich gewesen war, als er sie nach dem Abendessen heimlich unter dem Ginster vergraben hatte. Er schaffte es nicht, ihr die Wahrheit zu sagen, weil er noch immer dieses Lied im Kopf hatte, noch immer dieses Licht sah, das sich ständig veränderte. Je länger er hingesehen hatte, desto weniger hatte er gewusst, ob die Maus sich nicht doch noch bewegt hatte.

»Vielleicht hat sie es ja geschafft«, sagte Tom. »Vielleicht ist sie aufgewacht, hat das Gras gefressen und ist weggerannt.«

Das nächtliche Blau verwandelte seine Bettdecke in eine unheimliche Landschaft, und Tom merkte, dass Penny ihm nicht glaubte. Er hörte es an der Art, wie sie schwieg. Wie es über ihm nicht raschelte.

In den Geräuschen, die seine Schwester machte oder nicht machte, konnte Tom lesen wie in ihrem Gesicht. Jede Nacht lag er unter ihr im Hochbett, den Blick auf die Bretter ihres Lattenrosts gerichtet, während sie, keine Armlänge von der Zimmerdecke entfernt, den Neonhimmel über sich hatte, Leuchtsterne in drei Größen, dazu ein Mond mit Nase.

»Wie soll sie denn da rausgekommen sein?«, fragte Penny, und Tom hörte, dass sie enttäuscht war von ihm, enttäuscht davon, dass er sie mit einer Kinderantwort abspeisen wollte. »Dann hätte doch das ganze Haus einstürzen müssen.«

Er hakte seine Finger unter ein Brett, das sich verschoben hatte, und rückte es so zurecht, dass alle Latten wieder parallel waren.

Tom wusste, dass es seine Pflicht war, ihr die Wahrheit zu sagen. Der Wissenschaftler ist immer auch Wahrheitssucher, hatte sein Vater ihm beigebracht. Wer sich der Wissenschaft verschreibt, ist stets bemüht um die bessere Antwort.

Wer hat uns denn zum Mond gebracht?, fragte sein Vater, wenn alle beisammen waren, und warf dabei Blicke zu seiner Frau. Der Glaube? Das Vertrauen auf einen Gott, der schon alles für einen richten wird? Nein, mein Junge. Ohne den unermüdlichen Wissensdrang der Forscher stünde da oben jetzt nicht diese Flagge. Ohne die Wissenschaft säßen wir vor einem riesigen Haufen *Irgendwas*, und dieses Irgendwas machte uns Angst. Aufgabe der Wissenschaft ist es, uns die Angst zu nehmen.

Tom starrte auf die blauen Hügel der Bettdeckenlandschaft. Auf den Bretterhimmel darüber. Siebzig Prozent des Universums besteht aus Dunkler Energie, dachte er. Einer Kraft, von der wir absolut nichts wissen. Nur, dass sie da sein muss, weil sonst alle Rechnungen nicht funktionierten. Weil es die Welt, die wir kennen, sonst nicht gäbe.

Tom hörte, wie seine Schwester an den Sternen herumknibbelte. Wie sie die Fingernägel unter die Ränder schob und die Zacken rhythmisch gegen den Putz flappen ließ.

Flapp, flapp, flapp.

Er musste ihr die Wahrheit sagen. Auch, wenn diese Wahrheit bedeutete, dass man eben lebte und starb, vielleicht so gut es ging lebte, mit viel Sonnenvitamin für den Knochenaufbau, mit viel Lernen und Forschen, mit Mondlandungen und Weltraumflügen, aber am Ende war eine tote Maus immer noch eine tote Maus und damit etwas, für das es sich nicht lohnte, ein Lied zu singen.

Ein echter Wissenschaftler stiehlt keine toten Mäuse, dachte Tom. Ein echter Wissenschaftler lässt keine Leichen verschwinden, um den Eindruck zu erwecken, sie könnten noch leben. Ein echter Wissenschaftler findet Mädchen, die toten Mäusen Tempel bauen und Lieder vorsingen, lächerlich.

Flapp, flapp.

Ich bin nicht würdig, zu den Wahrheitssuchern gezählt zu werden.

Flapp.

Ich bin nicht mutig. Ich fürchte mich vor dem, was hinter den Hügeln ist.

Flapp, flapp, flapp.

Dann war es still. Der Himmel über Pennys Bett löste sich ab. Ein Sternenfriedhof, der letzte radioaktive Impulse durch die Dunkelheit schickte.

»Penny?«

Tom klemmte seine Finger zwischen Lattenrost und Matratze über ihm.

»Denkst du manchmal auch, dass alles vielleicht ganz anders ist?«

Er schloss die Hände fest um eines der Bretter.

»Menschen. Tiere. Alles.«

Tom wartete, aber es kam kein Geräusch von oben.

»Hatten wir gerade in Bio.«

Er räusperte sich.

»Bienen zum Beispiel. Die sehen ganz andere Farben als wir. Oder Echsen. Fische. Fledermäuse. Die nehmen die Welt auf vollkommen unterschiedliche Weise wahr. Ist alles eine Frage der Art, wie Energie schwingt. Eine Frage der Frequenzen. Du hörst und siehst und riechst nur den Teil, der zu deinem Frequenzbereich passt. Der Rest ist genauso da, aber du kriegst davon nichts mit.«

»Und woher wissen wir dann, dass unsere Art die richtige ist?«

»Wissen wir nicht«, sagte er. »Das ist es ja.«

»Und wenn wir uns darauf einstellen könnten? Auf diese anderen ...«

»Frequenzen?«

Tom spürte seine Finger taub werden.

»Wären wir in einer komplett anderen Welt.«

Lange Zeit sagte Penny nichts. Dann drehte sie sich auf die Seite.

»Lass uns das ausprobieren.«

Tom blickte an ihrem Lattenrost vorbei nach oben.

»Was?«

Pennys Kopf erschien neben dem Bett. Tom sah ihr von unten ins Gesicht.

»Die andere Welt.«

Ihre Augen funkelten.

»Lass uns da rein.«

Tom legte seinen Kopf zurück aufs Kissen und strich mit der Hand die Bettdeckenhügel glatt.

»Wie stellst du dir das denn vor?«

»Habt ihr das nicht gelernt, in Bio? Wie das geht?«

»Du kannst nicht einfach die Frequenz der Welt ändern, Penny.«

Seine Schwester lag wieder vollkommen ruhig. Tom hörte nicht mal ihr Atmen.

»Nein«, sagte sie. »Aber unsere.«

4

In dem Juweliergeschäft ihrer Eltern gab es Ketten, Ringe, Ohrhänger und Edelsteine, doch die meisten Kunden brachten bloß ihre kaputten Uhren. Den ganzen Tag saß ihr Vater in seinem weißen Kittel über Räderwerke gebeugt, zerlegte sie mit winzigen Schraubendrehern in ihre Einzelteile und baute sie dann wieder zusammen. Seine Hände zitterten nie, wenn er die Unruh austauschte oder eine Feder spannte, und hatte er genug Uhren repariert, legte er sich aufs Sofa und las in der *Welt der Wissenschaft*.

Die *Welt der Wissenschaft* war groß und schwer. Es gab zahlreiche Abbildungen darin, Kapitel über Raumfahrt und Flugzeuge, über das Weltall und das Sonnensystem. Sein Vater hatte das Buch bestimmt schon hundertmal gelesen, und manchmal kam es Tom vor, als hätte er Sätze daraus auswendig gelernt, so präzise waren seine Erklärungen, wenn Penny oder er ihn was fragten.

Nach dem Abendbrot verschwand ihr Vater meist im Bastelkeller. Unter dem Juweliergeschäft gab es einen Raum, der fast genauso aussah wie die Werkstatt darüber, mit Schubladen und Regalen, mit Arbeitsflächen und Werkzeug, nur dass ihr Vater darin keine Uhren zusammenbaute, sondern Flugzeugmodelle. Wie in seiner Werkstatt arbeitete er mit Lupen und Pinzetten, er fixierte Figürchen in einem kleinen Schraubstock, um sie besser anmalen zu können, und presste Teile aneinander, die er vorher mit Klebstoff bestrichen hatte.

Manchmal, wenn es ihm gut ging, nahm er Tom mit in den Keller. Gemeinsam bauten sie die größten Pionierleistungen der Wissenschaft nach, und Tom bemühte sich, alles genau so zu machen wie sein Vater. Erst die Farbe von der Innenseite des Deckels verwenden. Die Pinselspitze ganz leicht eintippen, eine flüchtige Berührung der feinen Härchen. Nicht zu viel Farbe nehmen, nach der Bemalung das Töpfchen sofort wieder verschließen und mit dem Etikett nach vorn ins Regal stellen. Den Pinsel erst mit Terpentin reinigen, dann gründlich mit warmem Wasser ausspülen und zum Trocknen auf den Lappen legen.

Tom mochte es, winzige Teile zu einem Ganzen zu fügen. Mit scharfen Klingen Fahrgestelle und Helme aus ihren Plastikrahmen zu lösen und so lange zu feilen, bis sie absolut gratfrei waren.

Nachahmen bedeutet verstehen, sagte sein Vater. Von den Größten lernen heißt Präzision leben.

In Stunden konzentrierter Arbeit bauten sie die Skelette von Tragflächen, schliffen jede Rippe stromlinienförmig und passten sie dann mit winzigen Klebstofftropfen in die dafür vorgesehene Aussparung. Wie ein riesenhaftes Mobile hingen die fertigen Modelle von der Kellerdecke. Segelflugzeuge, Doppeldecker, Kampfjets, Hubschrauber. Sogar eine Nachbildung von Apollo 11 war dabei, und wenn man genau hinsah, konnte man in der Mondfähre Neil Armstrong, Buzz Aldrin und Michael Collins erkennen.

Der Pinsel, den sein Vater für Details verwendete, hatte nur ein Haar. Michael Collins hatte braune Augen. Die von Buzz Aldrin wiesen einen Stich ins Grünliche auf. Neil Armstrongs Augen waren strahlend blau.

Niemand hat daran geglaubt, sagte sein Vater. Bis Neil Armstrong es ihnen gezeigt hat. Den Angsthasen, den

Gottesfürchtigen und Zweiflern. Neil Armstrong ist nicht in die heilige Messe gegangen, mein Junge. Er ist zum Mond geflogen. Weil er der Wissenschaft vertraut hat. Weil er wusste, dass die Wissenschaft ihn überall hinbringt. Und als er zurückkam, war er ein Held, sagte sein Vater und prüfte mit dem Zeigefinger, ob der Propeller sich auch drehte oder das Cockpit sauber schloss.

War ein Modell flugtüchtig, packten sie es ins Auto und fuhren sonntags zu einer weiten, leicht hügeligen Graslandschaft, in der kaum Bäume standen. Während Penny mit ihrer Mutter in der Kirche saß und gemeinsam mit Pastor Zöllner Lieder sang, die von Demut, Opfer und Erlösung handelten, steuerten Tom und sein Vater den winzigen Punkt am Himmel, bis der Boden unter ihnen wegzukippen schien.

Tom sah das Flugzeug höher fliegen, Loopings drehen und sich aus einem Sturzflug gerade noch über dem Boden fangen. Er sah die Tragflächen haarscharf über Zweige hinwegrauschen, während sein Vater mit der Fernsteuerung alles unter Kontrolle behielt. Mit beiden Daumen bewegte er die Hebel für Höhen- und Seitenruder, fuhr das Fahrgestell aus, schaltete winzige Scheinwerfer an.

Einmal wurde das Modell von einer Böe erfasst und gegen einen Baum geworfen. Tragflächen knallten gegen Äste, das Flugzeug trudelte, fiel. Tom hatte seinen Vater noch nie so schnell laufen gesehen. Er rannte zur Absturzstelle und barg das Wrack, er hielt das Modell in seinen Armen wie etwas Lebendiges. Es sah aus, als hätte es sämtliche Knochen gebrochen.

5

Die fressen uns die Wurzeln weg«, sagte sein Vater. »Diese verdammten Biester.«

Seitdem Penny der Maus das Lied vorgesungen hatte, war er irgendwie komisch. Alle merkten das, aber niemand konnte sagen, was genau eigentlich nicht stimmte.

Er begann, Bücher über Schädlingsbekämpfung zu lesen. Untersuchte die neuen Erdhäufchen, jeden Morgen und jeden Abend. Er legte die Gänge frei, drückte brennende Schwefelkegel in die Löcher und ließ schwere Steine darauf fallen, damit der Rauch unter die Erde drang und nicht zu ihnen in den Garten.

»Die fressen uns die Wurzeln weg«, wiederholte er. »Unterwandern den Grund, auf dem wir gehen. Immer weiter. Immer weiter.«

Beim Abendessen sprach er kaum noch. Mit gesenktem Kopf saß er da, aß zwei Scheiben Vollkornbrot und trank schwarzen, ungesüßten Tee. Dann ging er in den Keller zu seinen Flugzeugen, aber Tom wusste nicht mehr, was er da eigentlich tat. Neue Modelle baute er jedenfalls nicht, es lag alles noch genauso da wie vor Wochen.

Normalerweise konnte es sein Vater gar nicht erwarten, die Teile weiterzuverarbeiten. Sobald die Farbe getrocknet und die Klebeverbindungen durchgehärtet waren, machte er sich an den nächsten Arbeitsschritt. Doch wenn Tom sich jetzt heimlich im Keller umsah, fühlte er sich wie in einer Ausstellung über die Zeit, in der mit seinem Vater noch alles in Ordnung gewesen war. Mit hängenden Schultern, als hätte jemand seine Fäden durchtrennt, führte er Kundengespräche. Mit grauem Gesicht beugte er sich über die Erdhäufchen im Garten. Selbst die *Welt der Wissenschaft* lag morgens noch genauso auf dem Couchtisch wie am Abend zuvor.

»Er arbeitet viel«, sagte ihre Mutter. »Er braucht nur ein bisschen Ruhe.«

»Er hat doch den ganzen Tag Ruhe«, sagte Penny, und das stimmte. Wenn ihr Vater nicht gerade im Laden bediente, saß er allein am Werktisch und starrte durch seine Lupe auf Uhrwerke, die nicht mehr gingen.

»Heilige Maria, Mutter Gottes, bitte für uns Sünder, jetzt und in der Stunde unseres Todes«, sagte ihre Mutter, während sie das Essen zubereitete.

»Oh Gott, von dem wir alles haben, wir danken dir für deine Gaben. Du speisest uns, weil du uns liebst, drum segne auch, was du uns gibst, Amen«, sagte sie vor dem Essen.

»Ein Löffel voll Licht«, sagte sie nach dem Essen. Penny öffnete bereitwillig ihren Mund, und Tom kämpfte gegen den Brechreiz. Er versuchte, sich auf etwas anderes zu konzentrieren. Lenkte seine Aufmerksamkeit von dem gelben Glibber auf dem Löffel zu dem Gluckern der Kaffeemaschine, der Bewegung des Ginsters unten im Garten. Und plötzlich wusste er, was Penny gemeint hatte, mit der Änderung der Frequenz.

Der Löffel vor ihm. Die Lebertranpaste darauf. Der eklige Geruch. Das alles existierte. Genau wie die Geräusche der Kaffeemaschine oder das, was man durch das Fenster sah. Alles war gleichzeitig, Tom konnte seine Wahrnehmung einstellen, auf was immer er wollte. Er konnte sich auf den Geruch des Kaffees konzentrieren und roch den

Lebertran nicht mehr. Obwohl er eigentlich noch da war. Genau wie die gesamte übrige Welt.

»Das ist ...«, sagte seine Mutter.

Sag es nicht. Bitte.

»Wie wenn einem ein Engelchen ...«

Deine Mutter existiert nicht. Ihre Worte existieren nicht. Es gibt nur das, was du willst.

Das Spucken der Maschine. Die Bewegung des Ginsters draußen im Garten.

Jeder Mensch ist ein Planet, umhüllt von einer dünnen Atmosphäre aus Überzeugungen und Gedanken, dachte Tom. Und wie auf der Himmelsleinwand erscheint darauf nicht das, was ist, sondern nur das, was man durchlässt.

Denk nach, dachte er.

Du lebst mit drei anderen Leuten in derselben Wohnung.

Du sitzt mit denselben drei Leuten jeden Tag am selben Tisch.

Ihr macht mehrmals am Tag gleichzeitig dasselbe.

Essen.

Dasselbe Essen.

Dieselbe Wohnung.

Dieselbe Zeit.

Sieht die Wohnung für dich aus wie für die anderen?

Schmeckt ihnen das Essen genau wie dir?

Mögen sie die Bilder an der Wand?

Fallen sie ihnen überhaupt noch auf?

Oder sehen sie nur den Staub auf den Rahmen?

Ist das alles nicht immer da?

Immer?

Alles?

Gleichzeitig?

Dieselben Umstände. Und doch ist für jeden von euch das Leben in derselben Wohnung ein vollkommen anderes. Weil allein deine Aufmerksamkeit die Realität erschafft, die für dich zählt.

Ist dir klar, was das bedeutet?

Es gibt keine Fantasie.

Es gibt keinen Traum.

Alles, was gedacht oder geträumt werden kann, existiert. Nur auf einer anderen Frequenz. Du allein bestimmst, was aus dem Nebel der Möglichkeiten wirklich auftaucht.

Das ist Physik, dachte er. Nichts als Physik.

Es gibt keine Grenzen. Der blaue Himmel ist eine Illusion. Eine Täuschung, damit du nicht durchdrehst. Die Finsternis dahinter. Das ist kein leerer Raum. Das ist unendliche Möglichkeit.

Öffne den Mund, dachte er. Schließ deine Augen.

Es gibt keinen Lebertrangeschmack.

»... auf die Zunge pinkelt«, sagte seine Mutter, doch das hörte er schon nicht mehr.

Tom schluckte, ohne es zu merken.

Er schmeckte nichts.

Er hatte die Welt besiegt. Wenigstens für eine Sekunde.

6

Zwölf Wochen, nachdem er die Maus vergraben hatte, zwölf Wochen, in denen sein Vater nicht ein einziges Mal gefragt hatte, ob er mit in den Keller komme, stieß Tom die Schaufel erneut ins Erdreich. Er hatte die Stelle unter dem Ginster markiert, er hatte nicht tiefer gegraben als einen Spatenstich, um die Maus auch sicher wiederfinden zu können, und jetzt kippte er die Erde ins Sieb, warf sie hoch, immer wieder, bis ein winziger Schädel zum Vorschein kam.

Wie von einem Dinosaurierskelett, dachte Tom und zweifelte für einen Moment daran, dass der Schädel überhaupt zu einer Maus gehörte. Er hakte die lange Pinzette, mit der sein Vater Zahngold im Blausäurebad reinigte, in das Objekt und ließ es in das Reparaturtütchen fallen.

In der Wohnung kochte er den Schädel ab, säuberte und bleichte ihn und legte ihn unter sein Kissen.

Es war gut, ihn bei sich zu haben. Ihn anfassen zu können, nachdem seine Mutter das Licht gelöscht hatte. Die Mulden und Löcher, das Spitze, Glatte, Geschmeidige seiner Struktur zu ertasten, seine beruhigende Kühle zu spüren, während sein Vater immer weiter in eine Welt glitt, zu der Tom keinen Zugang mehr fand.

Regungslos hockte sein Vater am Werktisch und starrte in den Garten. Wortlos saß er bei Tisch, ohne zu essen. Oft schloss er sich über Nacht im Bastelkeller ein, obwohl es dort keinen Platz zum Schlafen gab. Wenn jemand etwas fragte, reagierte er selten. Kaum etwas drang zu ihm durch, und irgendwann öffneten sie morgens die Tür zum Bastelkeller und fanden ihn nicht.

»Euer Vater ist auf einem Lehrgang«, sagte ihre Mutter, als er den zweiten Tag nicht nach Hause gekommen war.

»Auf was für einem Lehrgang?«

»Auf einem Tauchlehrgang«, sagte sie nach einer Woche.

Ihre Mutter bediente jetzt im Laden. Sie verkaufte Ringe und Edelsteine, Goldketten und Perlenohrringe, aber niemand reparierte mehr Uhren, und die Erdhäufchen im Garten wurden immer zahlreicher.

»Die fressen uns die Wurzeln weg«, sagte Tom, während er in dem Buch über Schädlingsbekämpfung blätterte und die Füße unter das mittlere Sofakissen schob. Als niemand reagierte, stellte er das Buch zurück ins Regal.

»Wie lange geht Papas Tauchlehrgang noch?«, fragte Penny, und ihre Mutter faltete die Hände, dass ihre Fingerknöchel weiß hervortraten. Sie sah nach draußen, die Lippen fest aufeinandergepresst.

»Heilige Maria, Mutter Gottes, bitte für uns Sünder, jetzt und in der Stunde unseres Todes, Amen«, sagte sie vor dem Essen. Ihre Stimme zitterte, sie hatte immer rote Augen und vergaß, ihnen Lebertran zu geben. Sie vergaß, sich zu erkundigen, wie es in der Schule gewesen war. Sie fragte nicht, wo sie nachmittagelang blieben, und sie bekam nichts von den Experimenten mit, erste Versuche zur Änderung ihrer Frequenz.

Durch eine gezielte Verlagerung der Aufmerksamkeit beeinflussten Penny und Tom ihre Wahrnehmung. Sie gingen besonders langsam, wenn sie in Eile waren, sahen sich alles ganz genau an. Gerade die Dinge, die sie am wenigsten interessierten. Mit einfachen Tricks verwandelten sie eine Straße voll hässlicher Menschen in eine Straße voll schöner Menschen. Nicht, weil sie die Menschen auf der Straße änderten. Sondern weil sie ihre Wahrnehmung anders einstellten.

»Nicht wir reagieren auf die Welt«, sagte Penny. »Die Welt reagiert auf uns.«

»Unsinn«, sagte Tom. »Wenn du die Frequenz der Rezeptoren beeinflusst, ändert sich auch die Qualität der Wahrnehmung. Das ist Physik. Nichts als Physik.«

»Wann kommt Papa endlich wieder?«, fragte Penny, und Tom befühlte den Schädel unter seinem Kissen.

Er konnte sich nicht vorstellen, dass sein Vater auf einem Tauchlehrgang war. Tom hatte nicht die geringste Ahnung, wie seine Mutter überhaupt darauf kam. Aber als er auch nach der zweiten Woche nicht zurück war, wurde Tom unsicher. Nur weil sein Vater bisher ausschließlich Flugzeuge gebaut hatte, weil er sich für Raumfahrt interessierte und die Mondlandung für die größte Leistung der Menschheit hielt, bedeutete das nicht, dass er kein Interesse an den Geheimnissen des Meeres hatte. Im Gegenteil, je länger Tom darüber nachdachte, desto unsinniger erschien ihm die Beschränkung auf den Weltraum.

War das Interesse der Wissenschaft nicht grundsätzlich umfassender Natur? Bedeckten die Ozeane nicht weit über siebzig Prozent der Erdoberfläche? War ihr Grund nicht sogar weniger erforscht als die Oberfläche des Mondes?

Tom schlug die *Welt der Wissenschaft* auf und entdeckte ein ganzes Kapitel über die Tiefsee. Er las über enormen Druck, über vollkommene Finsternis, blinde weiße Krebse und kalt rauchende Vulkane.

»Wann kommt Papa endlich wieder?«, fragte Penny, aber ihre Mutter hatte längst aufgehört, diese Frage zu beantworten. Sie hatte auch aufgehört, zu beten oder in die Kirche zu gehen. Sie kümmerte sich um gar nichts mehr. Verwandte brachten ihnen Essen und blieben über Nacht, mit ernsten Gesichtern saßen sie vorn auf den Kanten der Sofas, die Rücken durchgedrückt, die Hände ineinander gerungen, und redeten beschwörend auf ihre Mutter ein, während Tom mit der Super-8-Kamera seines Vaters alles filmte. Er belichtete Material, das für Familienurlaube vorgesehen war, Geburtstage, Wochenenden, Weihnachten. Er filmte seine Verwandtschaft beim Kaffeetrinken, zoomte nah auf ihre Lippen. Schlagsahneverschmierte Gabeln drangen zwischen krümelige Hautfalten, Lippenstift blutete auf schneeweißes Porzellan, und Tom filmte, bis ihm schwindelig war vom Wackeln der Bilder, zoomverstärktes Zittern seiner Hand, unscharf wie Augenzeugenvideos einer Katastrophe.

Erwartete er einen Film zurück, lief Tom schon in der großen Pause nach Hause, um zu sehen, ob er Post von Kodak hatte. Die Filme kamen in honiggelben Versandtaschen, die er vorher an sich selbst adressiert hatte. Es war, als bekäme er Post von sich selbst, und der Geruch des frisch entwickelten Films war wie Heimweh und Fernweh zugleich.

Tom verschwand in Bildern ohne Ton, in überlebensgroß verzitterten Details, die er weder zuordnen noch wiedererkennen konnte. Bis ihn das Licht am Ende des Films zurückholte.

Das Labor klebte die Filme auf großen Spulen hintereinander, schnitt sie nach der Entwicklung aber nicht präzise wieder auseinander, sodass an Toms Filmen immer noch fremde Einzelbilder hingen, meist Aufnahmen aus dem Urlaub. Auf der Leinwand machten diese Bilder nur einen kurzen Blitz, weil darin fast immer die Sonne schien, doch dieser Blitz ließ Tom jedes Mal hochschrecken. In eine Welt voller Eiskrem und Sonnenschein. Und dann zurück in seine: Nachmittage in überheizten Wohnzimmern, mit Stachelbeertorte, Oma und Opa, Tante und Onkel und ohne Vater.

7

Papa kommt nicht mehr wieder«, sagte Penny, und Tom schlich heimlich in den Keller.

Er baute alle Modelle zu Ende, nicht nur die halb fertigen, auch jene, die noch in ungeöffneten Verpackungen lagen. Düsenjäger, Doppeldecker, Luftschiffe. Er fügte sie genauso sorgfältig zusammen, wie sein Vater es getan hätte, und dann hängte er die Flugzeuge zum Trocknen an die Decke.

Als das letzte Modell fertig war, sortierte er Pinsel, faltete Lappen und stellte die Farben zurück ins Regal. Dabei stieß er zufällig gegen die Schachtel von Apollo 11, die sein Vater aufbewahrt hatte, weil auf der Rückseite ein großes Foto von Neil Armstrong war. Tom merkte, dass etwas darin lag, und öffnete die Verpackung. Er fand eine der Zigarrenkisten, in denen sein Vater Reparaturtütchen aufbewahrte. Tom klappte den Deckel hoch und nahm das oberste Tütchen heraus.

Fr. Bellhausen stand darauf. *Batt. austauschen.* Und auf der Rückseite: *Der Erfolg von Apollo zeigt uns, dass die Visionen der Menschen weit über die Erde hinausgehen und dass unsere Möglichkeiten unbegrenzt sind. Neil Armstrong.*

Tom drehte das nächste Tütchen um.

Forschung erschafft neues Wissen. Neil Armstrong.

Er zog wahllos eines aus der Mitte.

Ich glaube, wir fliegen zum Mond, weil es in der Natur des Menschen liegt, sich Herausforderungen zu stellen. Neil Armstrong.

Tom verteilte die Tütchen über den Tisch, um zu sehen, ob noch etwas anderes in der Kiste war, aber er fand nur

Zitate von Neil Armstrong, jeder Buchstabe sorgsam gemalt in der unverkennbaren Handschrift seines Vaters.

Tom mischte die Zitate wie ein Kartenspiel und las sie abends seiner Schwester vor.

»Große Gedanken brauchen nicht nur Flügel, sondern auch ein Fahrgestell zum Landen«, sagte er. »Neil Armstrong.«

Draußen war das Licht schon so schwach, dass sich die Kirche dunkel gegen den Himmel hob, und Tom musste plötzlich an die Wissenschaftssendung denken, die er vor ein paar Tagen zufällig gesehen hatte.

»Penny ...«

Er schob seine Hand zu dem Mäuseschädel unter das Kissen.

»Das mit der Mondlandung ... glaubst du, die haben uns bloß was vorgemacht?«

»Wie meinst du das?«, fragte Penny, und Tom erzählte von Area 51, dem geheimen Versuchsgelände der Air Force mitten in der Wüste von Nevada. Von verborgenen Filmstudios, in denen die Mondlandung angeblich nachgestellt worden war, um alle zu täuschen. Tom sagte *Fadenkreuze*, er sagte *Gammastrahlung*, *wehende Flagge* und *fehlende Sterne*, und Penny warf sich auf den Rücken.

»Du glaubst, das war alles gelogen?«, fragte sie. »Alles, was sie uns erzählt haben?«

Die Zacken der Sterne flappten gegen die Zimmerdecke.

»Ich weiß nicht, Penny. Manchmal, wenn ich denke, ich hab was verstanden ... sobald ich das denke, ändert es sich.«

»Weil du nur Sachen liest, die andere Leute herausgefunden haben«, sagte sie. »Und dann denkst, das ist die Wahrheit.«

Flapp, flapp, flapp.

»Wie Papa«, sagte sie. »Der hat auch die ganze Zeit in diesem Buch gelesen. Weil er dachte, das erklärt ihm die Welt. Oder das Leben. Aber die Wahrheit ...«

Tom hörte, wie sie dreimal gegen ihr Brustbein schlug.

»Die Wahrheit ist hier drin und nirgends sonst.«

Tom kniff die Augen zusammen und sah, wie der Kirchturm zu tanzen begann. Wie sich seine Konturen auflösten und mit der heranbrechenden Finsternis verschmolzen.

»Es gibt da einen Ort«, sagte er und lauschte ihrem Atem, bis er sicher war, ihre ganze Aufmerksamkeit zu haben, »nur wenige Meilen von Area 51 entfernt, an der Grenze zu dem militärischen Sperrgebiet. Eigentlich bloß eine Wohnwagensiedlung, in der kaum hundert Leute leben. Im Zentrum steht eine Reihe von Briefkästen, einer davon für ausgehende Post, von Rachel für den Rest der Welt ...«

»Rachel?«

»So heißt der Ort«, sagte er. »Eine Wohnwagensiedlung, die um ein paar Briefkästen herum gebaut ist. Stell dir das mal vor.«

Er ließ die Reparaturtütchen mit den Zitaten von Neil Armstrong langsam zu Boden gleiten, eins nach dem anderen.

»Stell dir vor, wir würden da leben. Dann könnten wir alles sehen. Die ganze Wahrheit. Wir würden uns an den Rand des Sperrgebietes schleichen und alles beobachten. Wir wären die ersten Menschen, die wüssten, wie es wirklich ist.«

Über ihm knarrte es.

»Rachel«, sagte Penny. »Warum heißt eine Stadt wie ein Mädchen?«

»Rachel Jones. Das erste und einzige Kind, das je dort geboren ist. Vorher hieß der Ort einfach Sand Springs, wie tausend andere verlassene Orte auch, aber seit der Geburt von Rachel Jones heißt er eben wie sie.«

»Rachel muss sehr glücklich sein, dass eine Stadt nach ihr benannt wurde. Dazu noch eine so besondere.«

»Die Stadt der Wahrheit«, sagte Tom und hatte plötzlich das Gefühl, dass der Raum um ihn herum vibrierte.

»Nein.«

Pennys Stimme klang fremd.

»Die Stadt der Wahrheit liegt im Dschungel«, sagte sie. »Ich habe sie gesehen.«

8

Tom wusste, dass seine Schwester manchmal komisch war. Sie sei eines Morgens aufgewacht und habe alles gewusst, hatte sie ihm mal erklärt. Die ganze Wahrheit. Sie habe keine Ahnung, was genau passiert sei, ihr sei weder die Jungfrau Maria erschienen noch sei sonst etwas Spektakuläres geschehen. Sie habe nur plötzlich gemerkt, dass es einen neuen Raum in ihr gebe, und wann immer sie den betrete, könne sie alles sehen. Alles, wie es wirklich sei.

Tom wusste nicht, was er davon halten sollte, aber er war froh, dass Penny den Raum nicht allzu häufig betrat, weil sich dann diese zweite Person vor seine Schwester schob. Die zweite Penny redete anders, sie hatte sogar eine eigene Stimme, und wenn sie Tom ansah, schien sie etwas hinter seinem Kopf zu beobachten.

»Als würde Gott ein Licht in mir anschalten«, sagte sie und klang, als wollte sie sich für eine Missbildung entschuldigen.

»Licht«, sagte Tom. »So ein Blödsinn. Du redest schon wie Mama. Du hast bloß manchmal deine fünf Minuten, das ist alles.«

Seine fünf Minuten zu haben war nicht schlimm, das wusste Tom. Wenn ihr Vater früher seine fünf Minuten gehabt hatte, musste man ihn nur eine Zeit lang in Ruhe lassen und alles war wieder gut. Penny aber machte ihm Angst, wenn sie so war. Sie sagte Dinge, die überhaupt nicht zu ihr passten und viel zu weit waren für ihr Alter.

Was eigentlich der Unterschied sei zwischen dem, was man erlebe, und dem, was man lese, höre, träume oder sich ausdenke, hatte sie einmal gefragt. Ob es am Ende nicht einzig darum ginge, was die Geschichte mit einem anstelle. Ob sie einem den Weg weise. Dahin, wohin man gehöre.

Du gehörst jedenfalls in die Klapsmühle, hatte Tom gesagt, und von da an erzählte sie ihm jeden Abend die neuesten Abenteuer aus der Mühle.

Die Klapsmühle wurde betrieben von eifrigen Zwergen und versorgte Prinzessin Penny mit allem, was man sich nur wünschen konnte. Pennys Hofstaat war riesig, es gab Prinzen, Ritter und Köche, es gab prächtige Reitpferde und Bäume, von denen die Prinzessin während ihrer zahlreichen Spaziergänge durch die weitläufigen Parkanlagen Erdbeeren und Weingummis pflückte.

Die Prinzessin verstand die Sprache der Tiere, sie konnte Gedanken hören und spürte die Freude des Windes, wie die tiefste Wurzel eines Baumes den Flügelschlag der Vögel dicht über seinem höchsten Ast spürt. Sie verstand Gottes Willen, wie sie die Sterne verstand, den Berg und den Wald. Sie hörte das Tuscheln der Engel wie die Gräser das Flüstern des Taus, die Rinde das Jubilieren der Säfte, die im Inneren des Stammes emporgesogen wurden. Die Prinzessin hörte das Seufzen der Stille und vernahm die Trauer der Finsternis, dort, wo alles verbunden war, wo sich Faune und Elfen einander offenbarten und Vergangenheit, Gegenwart und Zukunft in einer Welt zusammenfielen, in der alles ewig und eins war. Es war eine Welt, die Sterbliche nicht sehen konnten, doch Prinzessin Penny hatte Zugang zum Innersten des Lebens, zum Grund allen Seins, und diese Gabe war ihr Segen und Fluch zugleich. Es machte sie einsam, die Sprache des Kosmos zu verstehen, der

Schöpfung und ihrer Geschöpfe, und wenn sich die Prinzessin nachts in ihre Gemächer zurückzog, fühlte sie sich wie ein Ungeheuer unter Menschen. Der ganze Reichtum um sie herum, der Hofstaat, der Paradiesgarten und die Tiere waren nur da, um sie davon abzulenken, dass sie die einsamste Kreatur überhaupt war. Bitterlich weinte sie in ihre Kissen und flehte zu Gott, er möge sie in ein ganz normales Mädchen verwandeln, einen Menschen ohne besondere Fähigkeiten. Doch Gott zeigte ihr, was er mit ihr vorhatte, und der Prinzessin blieb nichts übrig, als seufzend ihre Bestimmung anzunehmen.

Penny verlor sich in fernen Welten. Sie spann Erzählungen fort, folgte Figuren bis in den Schlaf, durch Träume, die so intensiv waren, dass sie am nächsten Morgen überrascht war, keine zerbrochenen Zweige oder abgerissenen Blätter in ihrem Bett zu finden. Manchmal suchte sie ihren Körper sogar nach Spuren des Kampfes ab, den sie gerade ausgetragen hatte.

In ihren Geschichten mischten sich Figuren aus der Bibel mit Schulkameraden und Verwandten. Noah und Mose fuhren mit ihrem Nachbarn Herrn Bellhausen angeln, während Penny über das Wasser lief und den Fluss in zwei Hälften teilte. In der linken Hälfte waren Noah, Mose und Herr Bellhausen, in der rechten Hälfte das Wasser und alle Fische. Die Fische konnten fliegen, sie flogen aus ihrer Hälfte in die andere und verpassten den alttestamentarischen Urgesteinen mit ihren Schwanzflossen Ohrfeigen, bis sie sich schämten und nur noch Dinge taten, die ihnen gut zu Gesicht standen, nämlich Archen bauen und Gebote in Steintafeln meißeln. Aus Johannes dem Täufer machte

Penny einen Landstreicher, der gern Messwein mit Pastor Zöllner trank und sich im Suff neue Gebote ausdachte. Das oberste Gebot besagte, dass es nur eine Göttin gab, ihr Name war Penny und das Wort war bei ihr.

Je mehr Bücher sie bekam, je mehr Filme sie sah, desto stärker durchmischten sich die Welten, spielten historische Persönlichkeiten neben Zeichentrickfiguren, Fernsehmoderatoren neben Onkeln und Tanten. Karl der Große tauchte in den Märchen der Gebrüder Grimm auf, Micky Maus in Alice' Wunderland. Die einzige Welt, die sie unangetastet ließ, war die von Mogli und seinen Freunden.

Penny hatte das Dschungelbuch geschenkt bekommen, als sie noch nicht lesen konnte. Sie hatte sich die Geschichte anhand der Zeichnungen zurechtgereimt und immer neue Wendungen erdacht, war Umwege gegangen und Abzweigungen gefolgt, bis die Bilder in ihr lebendig geworden waren. Und irgendwann hatte es eine Version der Geschichte gegeben, mit der sie zufrieden war. Das sei jetzt die Wahrheit, hatte sie gesagt, und die Wahrheit dürfe nicht verändert werden.

Tom hatte über die Seiten gestrichen und gesagt, die Wahrheit ist das, was da steht, und sonst gar nichts.

Seine Schwester hatte nie gewollt, dass er ihr das Buch vorlas. Sogar, als sie selbst bereits lesen konnte, interessierte sie der ursprüngliche Text nicht. Nur die Texte unter den Bildern ließ sie gelten, weil da die Namen der Figuren standen.

»Etwas kommt den Hügel herauf«, flüsterte Raksha, der Dämon, war unter einem der Bilder zu lesen, das eine Wölfin

mit gespitzten Ohren in ihrer Höhle zeigte. Raksha war die Wölfin, die Mogli großzog, und ihren Beinamen hatte sie sich im Kampf verdient, weil sie fünf ausgewachsene Wölfe gleichzeitig besiegt und anschließend ihr Blut getrunken hatte.

Raksha war kein böser Dämon. Dämonen sind generell nicht böse, hatte Penny während eines Fünf-Minuten-Anfalls erklärt. Sie seien Mittler zwischen Gott und den Menschen, Gesandte des inneren Selbst. Man dürfe keine Angst vor ihnen haben. Sie wiesen einem den Weg, von dieser Welt in die andere, weil sie ihre Frequenz ändern und in beiden Welten Gestalt annehmen könnten.

Gesandte des inneren Selbst, hatte Tom gedacht und gehofft, dass Pennys fünf Minuten bald vorbei wären.

»Wenn ich tot bin, komme ich jedenfalls nicht in den Himmel, sondern in den Dschungel«, sagte sie. »Und du kommst nach. Wir erleben echte Abenteuer, wir sind niemals vernünftig, und statt Rechnen und Lesen lernen wir Tigerbesiegung und Schlangenlist.«

»Wie kommst du darauf, dass du vor mir stirbst?«, fragte Tom. »Ich bin immer noch älter als du.«

»Die paar Jahre. In kosmischen Dimensionen ist das nichts.«

»Ha-ha«, machte Tom. »Außerdem gibt es kein Leben nach dem Tod. Wir werden vergraben, und dann verwesen wir. Erst das Fleisch, dann die Knochen. Irgendwann wird alles zu Staub.«

Penny presste das Dschungelbuch an den Oberkörper und sah ihren Bruder ernst an.

»Und wenn ich's dir beweise?«

»Was?«

»Dass es keinen Tod gibt.«

»Wie willst du das denn anstellen?«

»Ein Dämon«, sagte sie. »Ich schicke dir einen Wegweiser, der dich zu mir führt. Damit du siehst, wie es wirklich ist.«

Tom seufzte.

»Und wie stellst du dir den vor, diesen ... Dämon?«

Penny schlug das Buch auf und tippte auf Raksha. Tom hätte gern mit den Fingern geschnippt und die andere Penny weggezaubert, doch solange sie ihre fünf Minuten hatte, musste er ihr Spiel mitspielen.

»Okay«, sagte er. »Dann halte ich also Ausschau nach ... einer Wölfin?«

»Nach Raksha«, korrigierte Penny.

Und dann sprachen sie nicht mehr davon. Nicht in jener Nacht und auch nicht in denen, die folgten.

9

Über Monate hinweg war ihr Vater langsam weniger geworden, eine Fotografie, die unbemerkt verblasste, doch mit seiner Abwesenheit umzugehen war immer noch leichter, als die Anwesenheit einer Mutter zu ertragen, die alles in einen stummen Schuldspruch verwandelte. Den ganzen Tag saß sie reglos in der Wohnung. Sie sagte nichts, aber ihre Blicke gaben ihnen das Gefühl, dass alles falsch an ihnen war. Jede Geste, jede Bewegung, jedes Wort.

Penny und Tom nutzten jede Gelegenheit, so spät wie möglich nach Hause zu kommen. Nach der Schule irrten sie oft ziellos durch die Gegend, und einmal verliefen sie sich im Gewerbegebiet, in einer Betonwelt, aus der Gabelstapler und Kräne ragten wie Urzeittiere.

Als sie gar nicht mehr wussten, wo sie waren, tat sich hinter dem endlos scheinenden Asphalt, den wahllos darübergewürfelten Lagerhallen plötzlich ein Wald auf. Nur ein schmaler Stichweg führte ins Innere, der Pfad war zugewuchert, genau wie die Schilder, die vor umstürzenden Bäumen und herabfallenden Ästen warnten, und Tom war verwundert, nicht allzu weit von ihrer Schule entfernt eine Wildnis zu finden, von der er noch nie gehört hatte.

Zögernd tasteten sie sich voran, setzten einen Fuß nach dem anderen auf krachende Zweige, balancierten über Baumstämme, sprangen über ausgetrocknete Flussbetten, durch widerständiges Geäst einem Licht entgegen, von dem sie meinten, dass es von jenseits des Waldes komme, doch Penny und er gerieten nur tiefer in die Finsternis, irregeleitet von Lichtung zu Lichtung. Bis irgendwann kein

Laut mehr zu hören war, kein Summen, kein Zwitschern. Längst wünschten sie, den Wald nie betreten zu haben, der sie in eine stetig wachsende Abwesenheit von allem führte, was das Leben außerhalb ausmachte, Licht und Zeit, Richtung und Raum. Die Gerippe fahlgrauer Stämme umstanden sie wie erstarrte Figuren einer Geschichte, die nicht zu Ende erzählt worden war, und wenn einer von ihnen etwas sagte, dann nur, um inmitten all des toten Holzes, dessen Gebeine bei jeder Berührung hohl gegeneinanderklapperten, etwas Vertrautes zu hören. Doch selbst ihre Stimmen klangen anders in diesem Wald, als fehlte ihnen der Körper, und bald kamen auch sie sich vor wie Schatten, getrieben nur noch von dem Wunsch, endlich einen Weg nach draußen zu finden.

Aus der *Welt der Wissenschaft* wusste Tom zwar, wie man sich ohne Hilfsmittel in einem Wald zurechtfand. Er wusste, wie man sich orientierte, wie man ein Lager errichtete und eine Zeit lang in der Wildnis überlebte. Aber es gab weder Moos an den Stämmen noch Ameisenhügel, er konnte den Stand der Sonne nicht erkennen und sah keinen Fluss, keine Beeren, keine Pilze.

In der Ferne leuchtete eine Säule milchigen Sonnenlichts. Sie liefen darauf zu, und als sie den Lichtsaum erreichten, tat sich vor ihnen unvermittelt eine trichterförmige Senke auf, die einen See einfasste. Schmetterlinge tanzten über den Hang, die Oberfläche des Gewässers bildete wie punktgenau getupft das blaue Auge des Himmels ab.

Tom streckte seinen Arm aus und tauchte die Finger ins Licht, doch er spürte weder Wärme noch Kälte. Er schob die Hand nach, seinen Unterarm. Drehte die Hand, bewegte die Finger, sah alles wie im Licht eines riesenhaften Projektors, flackernde Bilder eines zu langsam laufenden Films. Was ins Licht geriet, schien ihm nicht mehr zu gehören, Tom wollte den Arm gerade zurückziehen, als seine Schwester den Hang runterlief, auf den See zu, eine überbelichtete Stummfilm-Penny, zweidimensional, ohne den natürlichen Fluss von Bewegung.

»Komm zurück!«, rief er, doch seine Stimme durchdrang das Licht nicht, also lief auch er die Senke hinab, sprang über Baumstämme und sandige Mulden zu seiner Schwester, die bereits am Ufer stand und auf eine Wasseroberfläche sah, die sich wie ein Spiegel vor ihr ausbreitete.

»Lass uns weg von hier«, sagte Tom. »Bitte, Penny.«

»Das ist der Traum«, sagte sie.

»Welcher Traum?«

»Den ich immer geträumt habe.«

Sie beugte sich über das Wasser.

»Ich hab das gesehen«, sagte sie. »Alles, genau so.«

Die Sonne brannte, aber Tom spürte sie nicht. Schmetterlinge flogen, aber er nahm keinen Luftwiderstand wahr. Im Zentrum des Lichts sah alles aus wie ein lebendig gewordenes Bild vom Paradies, doch der Wald ringsum war trocken.

»Das ist gar kein See«, sagte er. »Oder, Penny?«

Das Gesicht seiner Schwester näherte sich der Wasseroberfläche. Als wollte sie etwas genauer betrachten.

»Was war das für ein Traum?«, fragte er. »Was ist darin passiert?«

Ihre Nase berührte fast den Wasserspiegel.

»Siehst du das?«

Tom trat hinter sie und blickte über ihre Schulter. Er sah nichts Ungewöhnliches, ihm fiel nur auf, dass er den Grund nicht erkannte. Er kam noch näher, aber der See zeigte nichts als das unnatürliche Blau des Himmels und das Grasgrün der Senke.

»Die Bäume«, sagte sie, und dann sah er es.

Der Wald, aus dem sie gekommen waren. In der Spiegelung waren die Bäume nicht mehr leblos und trocken, sondern üppig umwuchert von saftigem Grün. Begierig reckten sie sich der Sonne entgegen, umschwärmt von wimmelndem Leben.

Tom blickte auf. Die hölzernen Überreste der Bäume ragten noch immer wie verbrannte Krallen aus der Erde. Er wandte sich um und sah den Wald genauso trist, genauso karg hinter sich, wie er ihn eben noch erlebt hatte.

»Penny ...«

»Warte. Gleich.«

Tom sah wieder in den See. Beobachtete das dichte Grün der vorderen Baumreihe in der Spiegelung, als plötzlich etwas aus dem Wald schoss.

Es lief auf sie zu. Setzte zum Sprung an.

Tom fuhr herum. Und sah nichts.

Penny schrie.

Über sie hinweg blickte er in den See.

Das Wesen war weg.

Pennys Spiegelung auch.

10

Tom kannte zwei Arten, mit Monstern umzugehen: sich die Bettdecke über den Kopf zu ziehen und zu hoffen, das Monster würde verschwinden, wenn man selbst es nicht sah – oder das Licht anzumachen und überall nachzusehen, um sich zu beweisen, dass kein Monster da war. Tom selbst gehörte in eine dritte Kategorie: Er hatte die Existenz von Monstern nie in Erwägung gezogen. Doch seit ihrem Erlebnis am See war seine Schwester eine andere. Nicht wie während ihrer fünf Minuten, nicht, als hätte jemand ein Licht in ihr angeschaltet, sondern als wäre etwas aus ihr verschwunden.

»Der Dämon hat meine Spiegelung gefressen«, sagte sie, und Tom hörte, wie sie Sterne von der Decke riss.

»Unsinn«, sagte er. »Der See hat das Licht in sein Farbspektrum zerlegt. Wie ein Spiegel. Und in einer bestimmten Wellenlänge des weißen Lichts ist vielleicht etwas aufgeblitzt. Eine andere Dimension. Keine Ahnung. Vielleicht sind wir gerade empfänglich für bestimmte Frequenzen. Außerdem hast du selbst gesagt, du hättest das alles schon geträumt. Und zwar genau so. Ist es da nicht wahrscheinlich, dass du nur eine Art Erinnerung gesehen hast? Eine Erwartung, die sich erfüllt hat?«

Einen Moment lang fand Tom seine Erklärung so überzeugend, dass er selbst nicht mehr wusste, ob er wirklich gesehen hatte, was er gesehen zu haben glaubte.

»Wir müssen zurück in den Wald«, sagte er. »Dann beweise ich dir, dass das ein ganz normaler See ist.«

»Und wenn ich das extra gemacht habe?«

Mehr und mehr Sterne landeten auf dem Boden.

»Wenn ich etwas ausprobiert habe, um herauszufinden, ob die Sache mit den Frequenzen wirklich stimmt?«

Die Sterne leuchteten schwach in der Dunkelheit.

»Wie meinst du das?«

»Wenn ich wissen wollte, ob es Papa gut geht, im Dschungel?«

»Penny ...«

Tom sah zu Boden. Dahin, wo die Sterne das gespeicherte Licht des Tages durch die Finsternis schickten.

»Papa ist nicht im Dschungel«, sagte er. »Er ist tot. Er hat sich umgebracht.«

Je länger er auf die unscharf schimmernden Flecken starrte, desto giftiger wurde das Grün.

»Mama hat aber gesagt, er ist gegangen.«

»Weil das ihre Art ist«, sagte er. »Die Dinge nicht beim Namen zu nennen. Aber er ist nicht gegangen. Er ist tot. Er hat Blausäure getrunken.«

»Was soll das denn sein, Blausäure?«

»Man erstickt«, sagte er. »Man erstickt innerlich.«

Penny machte irgendwas mit ihrer Bettdecke.

»Warum sollte er das denn getan haben?«

»Er war traurig, Penny. Manchmal so sehr, dass er sich nicht mehr bewegen konnte.«

Tom hörte, wie sie sich mit einem Ruck auf die Seite warf.

»Hat Mama dir das erzählt?«

Pennys Bett knarzte.

»Sie hätte es uns sagen müssen. Alles hätte sie uns sagen müssen. Aber sie hat uns nichts gesagt. Gar nichts.«

Tom schloss die Hand um den Mäuseschädel unter seinem Kissen. Nur ein wenig Druck, und der Knochen würde brechen. Nur ein winziges bisschen Kraft.

11

Am nächsten Tag trafen sie sich direkt nach der Schule, um zurück in den Wald zu gehen. Tom wollte Penny beweisen, dass nichts Unerklärliches vorgefallen war, dass kein Wesen an dem See lebte und dass es auch keine Dämonen gab, die Spiegelungen fraßen.

Wie beim ersten Mal liefen sie weit ins Gewerbegebiet, doch als sie die Stelle erreichten, an der sich unvermittelt der Wald aufgetan hatte, sahen sie bloß Asphalt, Wellblech und Beton, verwaiste Maschinen und Umgebungspläne in Glaskästen. Wohin sie sich auch wandten, der rote Orientierungspunkt auf den Plänen blieb überall umstellt von grauen Flächen, und keine Spur war mehr von dem Wald, der so weitläufig gewesen war, dass sie Stunden gebraucht hatten, um wieder herauszufinden.

»Siehst du?«

Tom deutete auf die Standortmarkierung. Wo der Wald hätte sein müssen, zeigte der Plan nur eine rechtwinklig angelegte Wohnsiedlung.

»Es *gibt* diesen Wald nicht mal. Und damit auch keinen See und keine Erscheinung.«

Penny sah in Toms Richtung, aber ihr Blick schien etwas hinter ihm zu beobachten.

»Wenn du aus einem Traum erwachst«, sagte sie und hatte auf einmal wieder diese Stimme, »dann weißt du in derselben Sekunde, dass du geträumt hast, oder? Der Traum fühlt sich vollkommen echt an, weicht aber augenblicklich der Welt, die du für die einzig wirkliche hältst. Du glaubst deinem Traum nicht, und das ist der Moment, in dem er verschwindet. Nicht, weil er nicht da wäre, sondern weil du dich mit dem Erwachen auf eine Frequenz einstellst, die du für wirklicher hältst. Dabei ist dein Traum genauso real wie jede andere Wirklichkeit auch. Der Wald, in dem wir gewesen sind«, sagte sie, »den gibt es genauso wie den See und das, was dort geschehen ist. Bloß finden wir die Frequenz gerade nicht wieder. Aber etwas von mir lebt jetzt dort. Verstehst du? Ich war in einer Welt, die nicht für mich bestimmt ist. Ich habe etwas getan, das ich nicht hätte tun sollen. Und jetzt muss ich das irgendwie ... in Ordnung bringen. Und wenn dabei etwas schiefläuft, musst du mir helfen.«

»Penny, lass uns nach Hause, ja?«

»Versprich es mir.«

»Was?«

»Dass du zu mir in den Dschungel kommst.«

Tom seufzte.

»Also schön. Falls du irgendwann in einem Dschungel verschwinden solltest, komme ich und rette dich. Und jetzt lass uns gehen. Bitte.«

Penny lächelte und nahm seine Hand. Sie verließen das Gewerbegebiet, doch selbst als ihre fünf Minuten längst vorbei waren, blieb ein Gefühl der Verstörung. Es hatte nichts mit dem Gespräch selbst zu tun, er kannte die Anwandlungen seiner Schwester. Was ihn befremdete, war die tiefe Zufriedenheit, die sein Versprechen in ihr ausgelöst hatte.

12

Drei Jahre später lernte ihre Mutter einen neuen Mann kennen. Er hieß Olaf und arbeitete für eine Versicherung, er war aufgetaucht wie aus dem Nichts und saß jeden Abend bei ihnen auf dem Sofa.

Olaf wohnte in einem Haus mit Terrasse und großem Garten und Teich und hatte so viel Geld, dass ihre Mutter aufhören konnte, in dem Laden zu arbeiten. Sie verkaufte das Juweliergeschäft, und mit ihm verkaufte sie die Mäuse und die Schätze in der Erde. Sie verkaufte das Haus aus Glas, das Penny in dem Beet errichtet hatte. Es stand noch genauso da, und es war nicht eingestürzt, vom Regen nicht und nicht vom Wind, es stand unbemerkt, und sein farbiges Licht schuf einen Raum, der niemals gleich war, weil das Licht sich ständig änderte. Der Raum lebte, und er verwandelte alles in seinem Inneren.

Tom schnitt die Flugzeugmodelle von der Kellerdecke und wickelte sie in Schutzpapier. Er packte die *Welt der Wissenschaft* in eine Umzugskiste, zusammen mit den Sachen aus dem Regal seines Vaters. Dabei stieß er auf ein Buch, das genauso groß war wie die *Welt der Wissenschaft*. Es war genauso schwarz, und der Titel darauf hatte ebenso goldene Buchstaben. Es hieß *Welt der Wunder* und war so etwas wie der Ergänzungsband zur *Welt der Wissenschaft*. Beide Bücher gehörten zusammen in einen Schuber, aber Toms Vater hatte die *Welt der Wunder* immer ungelesen im Regal stehen lassen.

Tom setzte sich aufs Sofa und sah sich das Buch an. Es handelte von den großen, noch ungelösten Rätseln der

Menschheit, von wundersamen Legenden, fantastischen Ereignissen und unglaublichen Phänomenen, die sich mithilfe der Wissenschaft bislang nicht hatten erklären lassen. Tom überflog das Inhaltsverzeichnis, aber nichts deutete auf magische Seen oder unheimliche Wälder hin, die plötzlich verschwinden konnten. Er fand Passagen über Werwölfe, Vampire und den Yeti, doch in keinem dieser Texte ging es um die Existenz dieser Wesen, sondern nur um mögliche naturwissenschaftliche Erklärungen. Tom stellte beide Bücher nebeneinander in den Schuber und beschloss, sich die *Welt der Wunder* nach dem Umzug genauer anzusehen.

Olafs Haus lag in der Siedlung, die auf den Plänen im Gewerbegebiet verzeichnet gewesen war, anstelle des verschwundenen Waldes. In der Siedlung war alles neu und sauber und schön. Die Straßen waren rechtwinklig angeordnet und fortlaufend nummeriert, damit jeder sich sofort zurechtfand. Die Leute grüßten einander und achteten auf ihr Äußeres, sie rochen gut und hielten ihre Gärten in Ordnung. Tom machte sich lustig über makellose Zähne und blank geputzte Brillen, über die Puppenstubenhaftigkeit des gesamten Viertels, doch Penny ging nicht darauf ein. Im Gegenteil, sie entwickelte selbst einen Blick dafür, welche Hecke gestutzt werden musste, wo Moos über die Kanten wuchs, und Tom wurde vorsichtig mit seinen Bemerkungen.

In Olafs Haus hatten Penny und Tom erstmals eigene Zimmer. Ihre Betten standen zu weit von der Decke entfernt für einen Sternenhimmel, aber Tom befühlte noch immer den Mäuseschädel vor dem Einschlafen. Er starrte dahin, wo kein Lattenrost mehr war, um seine Hand darin zu verhaken, und lauschte auf Geräusche, die niemand mehr verursachen konnte.

Olaf tat ihrer Mutter gut. Sie betete nicht mehr und ging auch nicht mehr in die Kirche, aber sie war fast täglich zu Grillabenden eingeladen und sang im Chor.

Wenn Olaf nach Hause kam, hatte er für alle Geschenke dabei. Er trug schicke Anzüge und roch nach pudrigem Parfüm. Er fragte, wie es in der Schule gewesen sei, er wünschte allen einen schönen Tag und verstrubbelte Tom die Haare.

Wenn Olaf aß, warf er sich vorher die Krawatte über die Schulter und entfaltete eine Stoffserviette auf dem Schoß. Seine Bewegungen waren nie zu viel und nie zu wenig. Es machte ein schönes Geräusch, wenn er Schubladen aufzog. Es klapperte nicht, wenn er den Mülleimerdeckel schloss. Sogar wenn er den Wasserhahn aufdrehte, klang das Geräusch des fließenden Wassers irgendwie hochwertig.

Hatte Tom vergessen, sich die Schuhe auszuziehen, lachte Olaf über die schwarzen Abdrücke auf dem weißen Teppich. Na, das sieht ja aus, als wäre eine ganze Elefantenherde durchs Wohnzimmer gelaufen, sagte er, und ein paar Minuten später waren die Abdrücke weg.

Wenn Penny und Tom Galgenmännchen spielten, malte Tom den Gehängten jetzt immer Krawatten. Schick, sagte Penny und meinte es so.

Unsere kleine Prinzessin sieht heute aber wieder besonders hübsch aus, sagte Olaf, während er Penny zuzwinkerte und ihre Mutter meinte.

Gönn dir doch mal wieder was, sagte Olaf, obwohl sich ihre Mutter jetzt ständig etwas gönnte, und nachher sagte er immer, dass sie sich das auch wirklich verdient habe.

Noch im Aufstehen trank Olaf seinen letzten Schluck Kaffee. Er drückte den Stuhl dabei mit den Kniekehlen so sanft nach hinten, dass es kein Geräusch auf dem Boden machte, und ebenso lautlos stellte er die Tasse anschließend in die Geschirrspülmaschine.

Im Teich in Olafs Garten waren Seerosen, die so natürlich aussahen, dass man sie von echten kaum unterscheiden konnte.

Sie heirateten schnell. Tom nannte Olaf nie Vater.

Ihrer Mutter schenkte er Rosen und einen elektrischen Wok.

Tom bekam ein Sachbuch über die Mondlandung.

In Pennys Paket war ein Puzzle vom Himmel. Es hatte über tausend Teile.

13

Drei Wochen später war das Puzzle fast fertig. Es war Sonntag, es fehlten nur noch wenige Teile, aber das Wetter war einfach zu gut, um im Haus zu bleiben. Bereits am Vormittag waren knapp dreißig Grad gemessen worden, ein Rekordwert für Ende Mai. Der Himmel hatte dieses Ansichtskartenblau, dem man nicht glaubt, die schneeweißen Zaunspitzen der Nachbargärten steckten darin wie Pfeile. Penny trug das neue grüne Kleid mit den roten Melonenstücken. Für den Sommer, hatte ihre Mutter gesagt, aber niemand hatte damit gerechnet, dass der Sommer über die Siedlung herfallen würde wie ein Tier.

Sie lagen auf Luftmatratzen im Garten und beobachteten die künstlichen Seerosen unten auf dem Teich, die sich umeinander drehten wie Zahnräder. Sie griffen nicht ineinander, schienen aber trotzdem eine unsichtbare Mechanik in Gang zu halten. Vor ihnen, im Gras, lag das Dschungelbuch.

»Lies es mir vor«, sagte Penny.

Tom verstand nicht. Dem ursprünglichen Text zu erlauben, ihre Version der Geschichte zu überschreiben, bedeutete Verrat an einer Wahrheit, die seine Schwester jahrelang leidenschaftlich verteidigt hatte.

»Bitte«, sagte sie, und Toms Mund wurde trocken.

»Warum liest du es denn nicht selbst?«

»Bitte«, wiederholte sie, und Tom schlug das Buch auf.

»An einem schwülen Sommerabend in den Sionibergen erwachte Vater Wolf«, begann er und hoffte, dass sie ihn spätestens jetzt zurückhalten würde. Doch schon nach wenigen Sätzen lauschte Penny der Geschichte von Mogli und der Wölfin so gebannt, als hätte es nie eine eigene Version in ihr gegeben.

Olaf schüttete Holzkohle auf den Grill.

Ihre Mutter besprengte Blumen.

Irgendwo lachten Kinder.

Als die Stelle kam, an der das Mädchen aus dem Dorf der Menschen auftauchte, mit den langen Wimpern und den großen dunklen Augen, schob Penny ihre Sonnenbrille ins Haar und setzte sich aufrecht hin. Die Abdrücke der Luftmatratze waren wie Narben auf ihrer Haut. Sie ließ noch mehr Eiswürfel in den kirschroten Saft fallen und rutschte neben Tom. Die Luftmatratze quietschte, sie war heiß und nicht ganz aufgeblasen und roch nach Plastik.

In Toms Kopf war alles dumpf von der Hitze. Er bemühte sich, das Wort richtig auszusprechen: Zivilisation.

Die Eiswürfel klingelten im Glas.

»Was ist Zi-li-vi-sa-tion?«, fragte Penny, außer Atem, weil sie das Glas ohne abzusetzen geleert hatte.

Tom erklärte es ihr. Und als hätte sich plötzlich ein Vorhang gehoben, hinter dem noch immer die vertraute Penny war, veränderte sich ihr Gesicht.

»Nein«, sagte sie. »Das würde er nie tun. Mogli würde niemals freiwillig sein wahres Zuhause verlassen, um in die Zilivisation zu gehen.«

»Zivilisation«, sagte Tom. »Außerdem wolltest *du* den richtigen Text.«

Penny sprang auf, schnappte sich einen Ast und rannte zum Teich.

»Zilivisation!«, rief sie und drosch auf die Plastikrosen ein, »Zilivisation!«

Tom schloss die Augen, dankbar für jedes unsinnige Wort aus ihrem Mund. In den vergangenen Monaten hatten sie nicht mehr über den See gesprochen, aber seit ihrem Erlebnis dort schien die Penny, die er kannte, immer mehr zu verschwinden. Nicht wie ihr Vater, der zusehends blasser und weniger geworden war, sondern als verschwände sie hinter einer anderen Person, und diese andere Person war nicht das irre, weise Mädchen, das sie während ihrer fünf Minuten war, sondern eine Hülle, die sich ordentlich kleidete, die gern eine Schleife im Haar trug und oft lächelte. Die Penny-Hülle war gut in der Schule und passte perfekt in die Siedlung. Es gab keine Geschichten mehr in ihr, sie brauchte Geschichten von außen, und Tom war froh, dass das Dschungelbuch die Penny von damals wenigstens kurz zurückgeholt hatte.

Er hörte ihr Lachen, ein glucksendes Kinderlachen. Er hörte, wie sie mit dem Stock in den Teich schlug und etwas rief. Er legte das geöffnete Buch über sein Gesicht und schloss die Augen.

In einiger Entfernung mähte jemand Rasen.

Im Haus klapperte Geschirr.

Hinter sich hörte er Olaf am Grill. Tom roch die bröckeligen, spiritusgetränkten Anzünder und glaubte einen Moment lang, dass Penny mit jemandem sprach, aber das musste er sich einbilden.

14

Als er wieder aufwachte, hörte er Olaf noch immer am Grill hantieren. Im Haus klapperten Teller, und auch die Rasenmähergeräusche waren noch da. Er konnte nicht lange geschlafen haben.

Tom richtete sich auf. Die Luftmatratze löste sich mit einem Schmatzen von seiner Haut, das Buch rutschte ihm vom Gesicht. Sein Mund schmeckte pelzig. Die Eiswürfel in der Karaffe waren fast geschmolzen.

Er rief nach Penny, und als sie nicht antwortete, zog er sein T-Shirt an und lief die Böschung runter zum Teich. Wahrscheinlich ist sie im Haus, dachte er und sah den Ast, mit dem sie auf die Plastikrosen eingeschlagen hatte. Wie eine Brücke lag er zwischen Ufer und Wasser. Um die sich drehenden Plastikblumen hatten sich Fetzen künstlicher Blätter gesammelt, die die Bewegung ins Stocken brachten. Tom hob den Ast auf und sah sein Gesicht auf der Wasseroberfläche. Er verwischte es mit Zickzackbewegungen der Astspitze, sein Spiegelbild wurde zerrissen, fortgetragen von Hunderten kleiner Wellenkämme.

Eine minimale Verlagerung der Schärfe.

Das Gefühl, etwas Kleines, Weiches schmilzt im Inneren.

Das Gesicht seiner Schwester unter Wasser.

Pennys Haare bewegten sich wie im Traum, sanft fließend, die Augen groß und grün, ihr Kleid schien zu schweben. Sie war tot, das begriff er sofort, ihr Blick war wie stehen geblieben im Moment des Übergangs, als hielte er ein Bild, das nur für ihn bestimmt war.

Tom beugte sich weit nach vorn, kam der Wasseroberfläche immer näher, sein Spiegelbild lag ganz über ihrem Körper, und etwas in ihm geriet aus dem Gleichgewicht.

Bevor er fallen konnte, drehte eine Faust den Stoff seines T-Shirts im Rücken zusammen und hielt ihn, dass er einen Moment lang parallel über ihr war. Tom sah seine Schwester unter Wasser, hörte Olaf hinter sich keuchen, spürte seinen Körper schwer im T-Shirt hängen. Durch den Wasserspiegel griff er nach ihr, packte ihre Schultern, zog sie an sich.

Der Stoff riss. Tom fiel durch die Oberfläche und brach in sein eigenes Spiegelbild. Er sank ihr entgegen, mit offenen Augen, während seine Mutter am Ufer etwas schrie, das er nicht verstand.

15

Sie war nicht ertrunken. Sie war einfach umgefallen. Gehirnschlag, eine angeborene Sache, sagte der Arzt, es hätte jederzeit passieren können. Jederzeit, sagte Olaf, und Tom hörte jedes Wort in seinem Zimmer.

Es ist aber passiert, als die Sonne, sagte seine Mutter. Es ist aber passiert, als das eiskalte Getränk. Es ist aber passiert, als er sie aufgerieben, gehetzt hat, und wer weiß, ob sie nicht noch Jahre, sagte sie, so etwas kann sich doch auswachsen, mit der Zeit, und dann hatte Tom das Buch genommen, hatte es aufgeschlagen an der richtigen Stelle und dem Mädchen aus der Zivilisation so lange in die Augen gestarrt, bis er das Gefühl hatte, es besiegt zu haben.

16

Drei Tage nach dem Unglück ließ Olaf den Teich zuschütten. Er legte einen Betongarten an, da, wo vorher das Wasser gewesen war. Toms Mutter bewegte sich über die Wege zwischen den Beeten, als wäre sie der einzige Gast bei einer Trauerfeier, die den Rest ihres Lebens dauern würde, und Tom musste an die Glaskästen im Märchenwald denken, in denen sich Figuren auf Schienen bewegten und dieselbe Geschichte immer und immer wieder nachspielten, während eine blecherne Stimme erklärte, was gerade geschah. Als Tom noch nicht alt genug gewesen war, um zu begreifen, dass der Ton aus schnarrenden Lautsprechern kam, war die Stimme für ihn Gott gewesen. Statt eines Himmels lagen unverständliche Worte über allem, Sätze, die die Grenzen der Welt markierten. Alles schien nur deswegen zu blinken, sich zu bewegen und mit dem Kopf zu wackeln, weil die Stimme es befahl. Der Wolf fraß die Geißlein, weil es Gottes Wille war. Das ganze Königreich fiel in einen Schlaf, weil der Erzähler das verlangte. Selbst wenn die Zwerge funkelndes Erz in ihren Schubkarren aus dem Stollen brachten, folgten ihre Bewegungen der Choreografie eines unsichtbaren Bühnenmeisters, und der Tanz auf den Schienen, die übermütig geschwenkten Zipfelmützen waren nicht Ausdruck von Freude, sondern von etwas Dunklem, weißt du noch? Wie du versucht hast, die Stimme zu übertönen? Wie du irgendeinen Unsinn erzählt hast, nur um lauter zu sein als Gott? Und dann, als ihr am nächsten Morgen keine Schule hattet. Als Penny bei dir einschlafen wollte und so nah an die Bettkante gerückt ist, dass mindestens eine weitere Person zwischen euch Platz hätte finden können.

Warum sie das tue, hast du gefragt, und mit größtmöglicher Selbstverständlichkeit hat sie dir erklärt, dass sie doch dem Licht Platz machen müsse.

Welchem Licht, Penny?

Sie sieht dich erschrocken an und fragt, ob du denn kein Licht hast. Jeder Mensch habe doch ein Licht, ihres sei immer da und passe auf sie auf, und nachts schlafe es neben ihr, damit ihr nichts geschehe, weißt du noch?

Die Behutsamkeit, mit der sogar die Nachbarn dich plötzlich behandeln. Mit der sie jedes Wort vermeiden, das auch nur entfernt daran erinnern könnte, dass du je eine Schwester gehabt hast.

Das rupfende Geräusch, mit dem deine Mutter ihr Haar bürstet. Das Rücken von Stühlen auf Böden. Jedes Dielenknarzen unter bloßen Füßen.

Das unendlich leise Geräusch, mit dem ein Mäuseschädel auf einen Eichenholzsarg trifft.

17

Und dann liegst du im Bett. Über dir ist es still, um dich ist Nacht. Du träumst nicht, da sind Bilder an der Tür. Wie von einem Projektor, aber das ist kein Film. Das ist eine Uhrmacherwerkstatt in Schwarz-Weiß.

Der Uhrmachermeister beugt sich über die Werkbank. Um ihn herum sind Zahnräder, Schwungscheiben, Zeiger. Du hörst kein Ticken. Du weißt, gleich wird er sich umdrehen. Du weißt, der Uhrmachermeister wird kein Gesicht haben. Sein Gesicht wird leer sein, und es wird sich verändern, während er sich umdreht. Das Gesicht wird zu etwas werden, für das du keinen Namen hast.

Du weißt, dieses Etwas wird dich angreifen, und deswegen darfst du nicht wegsehen. Du wirst noch nie etwas so Schreckliches gesehen haben, aber du musst hinsehen. Weil die Bilder in deinem Kopf schlimmer sind als alles, was tatsächlich da sein kann. Und weil du keine Chance hättest, wenn du wegsähest. Weil das Etwas dann gewonnen hätte.

Der Uhrmachermeister trägt einen weißen Kittel. Er sitzt über den Werktisch gebeugt und hat dir den Rücken zugedreht. Sonst passiert nichts in dem Bild. Was die Szene so entsetzlich macht, ist deine Angst vor dem, was kommt. Deine Angst ist die Kraft, die den Uhrmachermeister langsam auf seinem Stuhl herumdreht.

Sein Gesicht ist aus Haut. Keine Erhebung, keine Kontur. Keine Augen, keine Nase, kein Mund, und als er sich noch weiter herumdreht, siehst du, dass das auch keine Haut ist, sondern eine spiegelnde Fläche, eine sich bewegende spiegelnde Fläche, die sich ausbreitet, in der Wellen laufen wie in einem zähflüssigen Quecksilbersee.

Und dann ist die Tür der See. Und dann siehst du dich in einem Raum, der nicht der Raum ist, in dem du bist. Der Raum ist weit und grenzenlos. Hinter und über dir leuchten Lichter in verschiedenen Farben. Planeten, Sterne, Galaxien. Du siehst dein Gesicht von Wellen zerrissen und sich langsam wieder zusammensetzen, und als nichts mehr wabert und fließt und das Bild still ist, erkennst du etwas Schattenhaftes hinter dir, das sich kaum von der Finsternis trennt.

Du fährst herum, aber da ist nichts als Schwarz. Du drehst dich wieder zur Tür und siehst die offenen Augen deiner Schwester unter Wasser. Du siehst die Augen deiner Schwester und weißt, dass sie es geschafft hat. Dass sie jetzt auf einer anderen Frequenz ist.

Du öffnest deine Augen, und da ist nichts an der Tür. Kein See, keine Werkstatt, keine Lichter.

Da ist bloß eine Tür.

18

Und dann findest du das Heft.

Du gehst in ihr Zimmer und siehst die Schatzkiste unter ihrem Bett. Du öffnest sie und findest unter all den Glasscherben, die sie für Edelsteine gehalten hat, ein Schulheft. *Das Buch der Wunder* steht darauf, und darunter steht: *Für Tom*.

Du schlägst das Heft auf und findest alles darin. Eine Anleitung, wie du den Wald wiederfindest. Wie du über den See in die andere Welt gelangst.

Du findest eine Landschaftsskizze. Eine Wegbeschreibung durch den Dschungel. Einen Lageplan, auf dem ein Berg eingezeichnet ist, mitten im Urwald. *Raksha* steht über dem Gipfel, *Kayi* steht daneben, und wie auf einer Schatzkarte ist eine Stelle mit einem Kreuz markiert.

Du fragst dich, wann deine Schwester angefangen hat, in dieses Heft zu schreiben.

Und dann beginnst du zu lesen.

Lieber Tom, liest du.

Wenn du das hier findest, bin ich woanders. Auf einer anderen Frequenz, würdest du sagen, und du hattest recht: Es gibt Welten, die als unsichtbare Schichten über der normalen Welt liegen, aber von der Frequenz der Wahrheit aus kannst du alles sehen. Alles, wie es gedacht ist. Auch dich. Ich weiß, das klingt jetzt verrückt, aber die Frequenz der Wahrheit ist wirklicher als das, was die Leute aus der Siedlung für echt halten. Wirklicher als Häuser, wirklicher als Hecken, Waschmaschinen, Kirchen.

Alles umgibt dich, immer, nur auf einer anderen Ebene. Sieh es dir an, ich schreib alles in dieses Heft. Alles, was du wissen musst. Aber sei vorsichtig. Vertrau keinem außer dir selbst, und achte auf das, was dir begegnet.

Wünsch mir Glück. Ich küsse und umarme dich hundertmal. Gezeichnet: Penny, Königin des Dschungels, nach Diktat verreist, lalala.

19

Kurz vor seinem achtzehnten Geburtstag schnitt Tom die Flugzeugmodelle von seiner Zimmerdecke und füllte sie mit Knallplättchen für Spielzeugpistolen, spiritusgetränkten Taschentüchern, zerbröselten Wunderkerzen. Seine Mutter und Olaf waren bei irgendeinem Grillfest, er hatte den ganzen Nachmittag für sich.

Wo früher der Teich gewesen war, drückte er die Modelle zwischen Beet und Betonplatten. Sämtliche Filme, die er für seinen Vater belichtet hatte, ließ er um die Flugzeuge, Raumschiffe und Raketen herum von ihren Spulen rollen. Dann riss er das Streichholz an.

Einige Modelle knallten laut und ließen Erde in alle Richtungen spritzen. Andere brannten zischend und puffend, mit heißer, heller Flamme. Wieder andere schmorten stinkend vor sich hin. Die Flugzeuge brannten in Rot und Gelb und Blau, das Plastik zerbrutzelte zu kleinen Bläschen, schwarzer Rauch verfinsterte den Himmel, und als Tom später im Bad stand, erschrak er vor seinem Spiegelbild. Wie ein Wilder sah er aus, das Gesicht schwarz vor Ruß, und auch mit viel Seife schaffte er es nicht, die Spuren zu entfernen, die seine Haut überzogen wie ein Netz aus dunklen Narben.

Als alles verbrannt war, holte er Apollo 11 aus seinem Zimmer. Tom hatte die Trägerrakete mit Silvesterknallern gefüllt, er stellte sie auf eine Betonplatte und zündete sie an. Die Rakete flog nicht zum Mond, sie flog auseinander. Mit einem Knall, der kaum lauter war als der einer platzenden Brötchentüte.

Tom untersuchte die Reste der Mission. Das Plastik war bis zur Unkenntlichkeit verschmolzen, aber es gab auch Teile, die vollkommen unversehrt waren.

Einen der Piloten hatte die Explosion weit von der Kapsel weggeschleudert. Tom fand ihn auf einem Stück Moos. Für einen Moment musste er an die Maus denken. An ihr auf Blütenblätter gebettetes Köpfchen.

Vorsichtig hob er die Figur auf, drehte den Piloten zwischen seinen Fingern. Er hatte strahlend blaue Augen.

»Wir werden auf eine Mission gehen, Neil Armstrong«, flüsterte er und umschloss den Raumfahrer fest mit der Hand.

II

DER DSCHUNGEL

I

Vera Sikorsky hatte noch nicht viel Erfahrung bei Verhören. Ein paar gestellte Situationen im Rahmen der Polizeiausbildung und die fünf, sechs Male, die sie Karlmann begleitet hatte. Aber da war er für die Fragen zuständig gewesen, während ihre Aufgabe darin bestanden hatte, neben ihm zu sitzen und einen harmlosen Eindruck zu machen. Den Verdächtigen in Sicherheit wiegen, nannte Karlmann diese Strategie, die es ihm erlaubte, Vera spontan Regieanweisungen zuzuraunen, während ihnen aus der Küche Getränke geholt wurden oder die verdächtige Person ein Telefongespräch annahm. Anweisungen wie: Schmeicheln Sie ihr. Flirten Sie ein bisschen mit ihm. Loben Sie die Einrichtung, erkundigen Sie sich nach dem Gemälde.

Vielleicht hatte sie deswegen dieses Sensorium entwickelt. Den Blick für Dinge, die eigentlich nichts mit dem Fall zu tun hatten. Abseitige Details, von denen ein schweifender Blick, dem ein paralleler Gedanke normalerweise das Bild entzieht, kaum gehalten wird.

Dieses Sensorium schlug im Zimmer dieses Jungen sofort Alarm.

Karlmann unterschätzte die Sache. Er hielt die Mutter für hysterisch und den Stiefvater für teilnahmslos, beide im Grunde aber für vollkommen ehrlich. Doch Vera war nicht zur Polizei gegangen, weil sie ein geselliger Typ war, sondern weil sie Menschen misstraute. Weil sie eine Nase hatte für Leute, die gefährlich werden konnten. Und für solche, die ihre eigenen Lügen längst für die Wahrheit hielten. Die Mutter dieses Jungen gehörte mindestens in die zweite

Kategorie. Während sie blumenreich darüber sprach, was für einen außergewöhnlichen Sohn sie hatte, und Karlmann eifrig nickend in sein Notizbuch schrieb, sah Vera sich um.

Das Zimmer sah aus, wie Mütter sich den idealen Lebensraum für ihre Kinder wünschen. Eine solide Kiefernholzwelt fast ohne jede Gebrauchsspur. Neuwertige Möbel, alles ordentlich sortiert. Selbst die Bücher im Regal waren der Größe nach gestaffelt: Kinderlexika, Kinderbibeln, mehrere Wissenschaftsreihen. Zwei vollkommen parallel an der Wand befestigte Poster zeigten die Erde vom Weltall aus gesehen und einen Tiefseefisch.

»Ist Tom hier aufgewachsen?«

»Wir wohnen erst seit etwa drei Jahren gemeinsam in der Siedlung«, sagte der Stiefvater mit professionell liebevollem Blick zu seiner Frau.

Versicherungen oder Investment, dachte Vera.

In seinem Lächeln lag Stolz. Das ist mein Reich, sagte das Lächeln. *Mir* haben sie das Leben in diesem Haus zu verdanken. *Meinetwegen* ist hier alles so perfekt, so aufgeräumt und ohne Widersprüche.

Ein Haus in diesem Zustand zu halten kam einer Dauerausstellung von Unschuld gleich. Wer so offensiv darauf achtete, keine Angriffsfläche zu bieten, und sich in der Rolle als treu sorgender Familienvater derart gefiel, hatte das Monster in sich nicht im Griff.

»Tom muss sich hier sehr wohlfühlen«, sagte Vera.

Vermutlich hatte er die Einrichtung einem Innenarchitekten überantwortet. Mit genau dieser Vorgabe: Verwandeln Sie dieses Zimmer in ein Jugendzimmer.

»Tja.«

Er wippte auf den Fußspitzen, die Hände hinter dem Rücken verschränkt.

»Man tut eben, was man kann.«

Vera stellte sich vor das Regal und ließ die Fingerkuppen an den Buchrücken entlanggleiten. Sie konnte nicht glauben, dass er das gerade wirklich gesagt hatte. *Man tut eben, was man kann.* Sie konnte sich nicht vorstellen, dass Tom sein Zimmer freiwillig in einen Ausstellungsraum verwandelt hatte.

Zwei dicke Bände fielen ihr auf, die Buchrücken schwarz mit goldenen Lettern. Die *Welt der Wissenschaft* und die *Welt der Wunder*, vereint in einem Schuber.

Etwas daran irritierte sie.

Der Stiefvater räusperte sich.

»Toms Interesse an der Wissenschaft ist groß, wie Sie sehen«, sagte er, und Vera hörte, wie viel Mühe es ihn kostete, sich zu beherrschen. Sie spürte, dass er ihre Neugier unverhältnismäßig, ihr Verhalten übergriffig fand. Dass er den Fremdkörper entfernen wollte.

»Und sein Interesse an Wundern?«, fragte sie, als sie ein Buch bemerkte, dessen Rücken besonders abgenutzt aussah. Einer plötzlichen Eingebung folgend legte Vera den Zeigefinger an die Kante und ließ es aus dem Regal kippen.

Das Dschungelbuch. Eine gekürzte Fassung für Kinder, ein Bilderbuch.

»Ja, das hat er ...«, erneutes Räuspern, »auch sehr gemocht.«

»Hat?«

Vera spürte, dass Toms Stiefvater unruhig wurde. Es machte ihn nervös zu sehen, wie sehr sie die Ordnung störte. Dass sie es wagte, Dinge anzufassen, die ihr nicht gehörten.

»Hat, ja. Als Kind. Jetzt ist er ja schon groß.«

Vera genoss es, langsam durch das Buch zu blättern, von hinten nach vorne. Sie stellte sich vor, wie er unter dem frisch gestärkten Hemd anfing zu schwitzen. Wie ein kalter Schweißtropfen zwischen seinen Schulterblättern unangenehm kitzelnd herablief. Wie er sich bemühte, extra so stehen zu bleiben, dass der Tropfen sein Hemd nicht an den Körper kleben konnte.

Karlmann hielt gerade den Standardvortrag über vermisste Personen. Fast alle Verschwundenen tauchten innerhalb von 48 Stunden wieder auf, die meisten übernachteten nur bei Freunden, ohne vorher Bescheid gesagt zu haben, gerade in Toms Alter habe man da schon mal das eine oder andere Problemchen, nicht wahr, vor allem mit sich selbst, haha, ja, er kenne das noch gut, er habe selbst mal pubertierende Kinder gehabt und könne da ein Lied von singen, sie sollten sich da bitte keine allzu großen Sorgen machen, er werde den Fall natürlich im Auge behalten, und ob sie wirklich jede Möglichkeit durchgegangen wären und überall angerufen hätten, das sei ja eine so ruhige Gegend hier und die Polizei quasi arbeitslos, weswegen man sicher sein könne, dass selbst kleinsten Unregelmäßigkeiten größte Aufmerksamkeit und so weiter.

»Drei Tage«, murmelte der Stiefvater.

»Bitte?«

»Es sind schon fast drei Tage. Mehr als 48 Stunden.«

Karlmann beteuerte, dass bereits jetzt alles getan werde, um Tom unversehrt nach Hause zu bringen, und Vera merkte, dass sie kurz davor war, ein Bild von dem Jungen zu bekommen. Karlmann musste die beiden nur noch ein wenig hinhalten. Jede Aufmerksamkeit von ihr nehmen, damit sie das Zimmer noch ein bisschen wirken lassen konnte.

Schon wieder dieses Räuspern. Dazu das Wippen auf den Fußspitzen.

»Ich würde gern noch etwas über seine Gewohnheiten erfahren«, sagte Karlmann.

Gut so, dachte Vera und blätterte weiter. An einer Stelle war die Seite fast durchgescheuert. Ein Wort. Jemand musste den Fingernagel darübergerieben haben, bis es fast verschwunden war. Wieder und immer wieder.

Zivilisation.

Sie blätterte weiter.

Eine Doppelseite zeigte Shir Khan, den Tiger. Wütend, mit brennendem Schwanz sprang er umher, bereit, alles zu zerstören, was ihm in die Quere kam.

Karlmann sprach über Nachbarn, die Menschen in der Siedlung, und Vera sah aus dem Fenster. Ließ den Blick über den Betongarten schweifen.

Irgendwas passte nicht.

Das Wort *Grabplatte* war plötzlich in ihrem Kopf.

»Sah der Garten immer schon so aus?«

Niemand käme auf die Idee, dieses Muster-Anwesen durch einen *Betongarten* zu verschandeln, dachte sie. Zu wenig Grün, zu wenig Wasser. Eindeutig zu wenig ... Leben.

»Wie meinen Sie das?«

Ein Bild stieg in ihr hoch. Das fehlende Stück.

»Nie darüber nachgedacht, hier einen Teich anzulegen?«

Sie machte eine Geste zum Garten, und Toms Stiefvater wandte sich ab.

»Sie werden verstehen, dass mir in dieser Situation nicht der Sinn nach botanischer Plauderei steht«, sagte er zu dem Tiefseefisch an der Wand.

Vera setzte sich auf das Bett des Jungen und blätterte weiter. Spürte, wie sie den Stiefvater mit dem Schleifen der großen Seiten langsam aus der Fassung brachte.

Komm schon, dachte sie. Zeig mir dein Monster.

In dem Buch lag ein Heft.

Vera drehte sich so, dass Toms Stiefvater es nicht sehen konnte.

Das Buch der Wunder stand darauf. Ein Schulheft, eng beschrieben. Mit Bleistift, Kugelschreiber, Füller. Winzige Buchstaben. Als hätte jemand nachts unter der Bettdecke heimlich immer neue Texte hinzugefügt, im Licht einer Taschenlampe.

Vera stand auf, das Dschungelbuch in der Hand. Stellte sich erneut vor das Regal. Wartete, bis Toms Stiefvater den Blick von ihr nahm, und steckte sich dann das Heft hinter den Hosenbund. Ihr Herz klopfte. Sie ließ die restlichen Seiten des Dschungelbuchs wie Spielkarten über ihren Daumen fliegen, auf der Suche nach weiteren Hinweisen, Beschädigungen.

Nichts.

Auf der ersten, leeren Doppelseite war ein Stempel. *Dieses Buch gehört*, und in dem dafür vorgesehenen Feld darunter standen zwei Namen, in Kleinkinderschönschrift.

Vera starrte lange darauf.

»Wer ist Penny?«

»Entschuldigen Sie mich.«

Der Stiefvater verließ mit langen, energischen Schritten das Zimmer.

»Niemand«, sagte Toms Mutter schnell und korrigierte sofort: »Eine Freundin. Ein unsichtbarer Begleiter. Haben Kinder in dem Alter ja oft, das ist nichts Besonderes.«

Sie stand von dem Tisch auf, an dem sie mit Karlmann gesessen hatte, und betastete das Kreuz an ihrem Hals.

»Gut«, sagte Vera und gab Karlmann ein Zeichen. »Ich denke, wir haben dann alles.«

Etwas verwirrt erhob sich der Kommissar, doch nach einem kurzen Blick in Veras Augen wurden seine Bewegungen schneller, zielstrebiger.

»Lassen Sie es uns bitte wissen, sobald Sie was von Tom hören«, sagte er und versicherte der Mutter auf dem Weg zur Tür erneut, dass alles nur Menschenmögliche getan werde, um den Jungen zu finden.

Als sie Vera die Hand gab, umschloss die Mutter mit der anderen Hand das Kreuz an ihrem Hals. Als hätte sie Angst, dass auch die Kette irgendwann einfach verschwunden sein könnte.

2

Tom hatte das Gefühl, heiße Watte zu atmen. Überall tschilpte und flatterte es, um ihn herum sirrte und schmatzte ein Organismus, der hemmungslos fraß und verdaute. Alles wucherte ohne Maß, reckte sich begierig einer Sonne entgegen, die nur vom Fluss aus zu sehen war. Dorniges Farnkraut klammerte sich an Bäume, dürre Schösslinge wanden sich an Stämmen empor, in den Kronen saßen Baumkängurus, flogen Paradiesvögel und Schmetterlinge, doch unter dem immergrünen Blätterdach wurde gerungen, gewürgt und getötet. Was zu Boden fiel, wurde zersetzt, was starb, wurde gefressen, löste sich auf. Sank in die Erde, um dort weiter den Kampf um das Licht zu nähren, der da oben tobte. Es war eine Welt, in der nicht geregelt, sondern genommen wurde, in der sich entfaltete, was die Siedlung unterdrückte. Das Leben im Dschungel war bestimmt durch Tag und Nacht, oben und unten, gefährlich und ungefährlich. Das Gesetz des Urwalds stand in keinem Buch, es wuchs in jedem Halm, atmete den Tau, der knisternd aus den Wiesen stieg, pulste in jedem Tropfen Wasser.

Tom war versunken in einer Welt, die nie ein Sonnenstrahl erreichte. Nur manchmal durchsetzten milchige Säulen das Schattenreich, tanzten Schwebstoffe in einem Licht, das keine Orientierung ermöglichte, sondern verschleierte, Stämme in Schemen und Äste in Krallen verwandelte. Riesige orangefarbene Spinnen baumelten in einem Nebel, der von innen heraus zu glühen schien, und mit Einbruch der Dunkelheit wurde das Sirren des Tages abgelöst vom Zirpen der Zikaden.

Tom errichtete ein Nachtlager aus Palmblättern und Zweigen, sammelte Holz für ein Feuer und aß Corned Beef aus der Dose. Funken knallten, stoben empor wie winzige Leuchtraketen. Je dunkler es wurde, desto mehr vereinzelten die Geräusche. Tom fror so sehr, dass er nicht in den Schlaf fand. Er rutschte ans Feuer. Kurz glaubte er, Sterne zu sehen, aber das war unmöglich, das mussten Funken sein, zwischen ihm und dem Himmel war das Blätterdach des Dschungels.

Tom steckte zwei Finger in seine Hosentasche.

»Kann ich dich was fragen, Neil Armstrong?«

Tom bewegte die Figur zwischen seinen Fingern.

»Klar, Commander.«

Der Astronaut schimmerte in der Dunkelheit. Zuckende Flammen erhellten sein Gesicht.

»Wart ihr ... ich meine, warst du eigentlich wirklich da oben?«

Das Feuer knisterte. Ein Flughund rauschte über sie hinweg.

»Wie meinen Sie das?«

»Na ja ... auf dem Mond.«

Der Raumfahrer schwieg lange.

»Das war ja klar«, sagte er schließlich.

»Was?«

»Na, dass Sie einer von denen sind. Gammastrahlen, Van-Allen-Gürtel, lalala.«

»Ach so«, sagte Tom und schämte sich schon, dass er überhaupt davon angefangen hatte. »Ist auch nicht so wichtig.«

»Nicht so *wichtig*?«

Armstrong schien jetzt ernsthaft beleidigt.

»Ich will Ihnen nicht zu nahe treten, Commander, aber für mich ist diese Mondlandung das Wichtigste, was ich je gemacht habe. Und ich schätze, für ein paar andere Leute auch.«

»Ja«, sagte Tom. »Für meinen Vater. Für meinen Vater warst du ein Held, Neil Armstrong.«

Die Augen des Raumfahrers sahen aus wie Aufnahmen der Erde aus dem All, so blau hatte sein Vater sie gemalt, mit dem Pinsel, der nur ein Haar hatte.

Armstrong starrte ins Feuer.

»Okay, Neil Armstrong. Ich glaub dir. Ehrlich. Was ich eigentlich auch nur wissen wollte ... Ich meine, das klingt jetzt vielleicht komisch, aber ihr wart doch im Himmel, oder? Habt alles von oben gesehen.«

»Im Weltall gibt es kein Oben und kein Unten, Commander.«

»Natürlich nicht, aber ... habt ihr da im Weltall etwas gesehen oder vielleicht nur gespürt ... etwas Großes, etwas wie ...«

»Gott? Reden wir von Gott, Commander? Wollen Sie wissen, ob ich Gott getroffen habe, ist es das?«

»Versteh mich jetzt bitte nicht falsch ...«

»Nein-nein, schon okay. Schon okay, Commander. Sie sind nicht der Erste, der das fragt, wissen Sie?«

»Tja. Kann ich mir vorstellen.«

»Würd Ihnen auch echt gern 'ne andere Antwort geben. Weil ich Sie mag, Commander. Weil ich mir für Sie wünschen würde, dass da wer auf Sie wartet. Den ganzen Kram. Aber da ist nichts. Nur leerer, kalter Raum. Tut mir leid.«

»Aber dieser leere Raum ... na ja, ich meine, die Mondlandung ist ja schon ne Weile her, und wir sind mittlerweile so weit, dass ... also, die Wissenschaft ist ja nicht stehen geblieben, und wir wissen jetzt zum Beispiel, dass die Leere nicht wirklich leer ist. Sie sieht so aus und fühlt sich auch so an, aber das ist Dunkle Materie. Dunkle Materie und Dunkle Energie.«

»Wow. Und können Sie mir auch sagen, was das sein soll, Dunkle Energie? Ich meine, das klingt wie ...«

»Ich weiß, wie das klingt. Und nein, wissen wir nicht. Noch nicht. Wir wissen nur, dass es sie geben muss, weil die Welt sonst ganz anders aussähe. Ganz anders funktionierte. Wir wissen, dass es sehr, sehr viel mehr dunkle als sichtbare Materie geben muss. Dass fast drei Viertel des Universums aus Dunkler Energie bestehen. Aber wir haben nicht die geringste Ahnung von ihrer Beschaffenheit. Wir wissen nicht, ob sie ein Bewusstsein hat. Ob sie die Zeit außer Kraft setzen kann. Ob vielleicht alles – und ich meine: wirklich alles ganz anders ist, als wir bisher dachten. Es ist ein bisschen wie ... na ja, stell dir vor, du lebst in einem Zimmer. Nicht in dem ganzen Zimmer, nur in einer Ecke. In einem Viertel des Raumes. Der Rest ist durch Vorhänge abgetrennt. Du weißt, es gibt diesen Rest. Den großen Rest Zimmer. Da kann alles sein, hinter dem Vorhang. Eine Zeitmaschine, eine Prinzessin, ein Monster, ein Abgrund. Eine Welt aus lauter Edelsteinen. Du weißt es einfach nicht, aber du würdest alles geben, wenigstens einmal mit der Hand hinter den Vorhang greifen zu können.«

»Keine Ahnung, Commander.«

Armstrong sah plötzlich traurig aus.

»Wenn ich damals meinen Freunden erzählt hätte, hört zu, wenn ich groß bin, fliege ich zum Mond ... dann hätten die mich doch für verrückt erklärt, oder?«

»Na ja ...«

»Und jetzt sind Expeditionen ins All gar nichts Ungewöhnliches mehr.«

Tom richtete seinen Oberkörper auf.

»Weil wir Pioniere brauchen, Neil Armstrong. Leute wie dich, die etwas zum allerersten Mal tun. Die zum ersten Mal hinter den Vorhang greifen.«

Tom spürte, dass sein Gesicht glühte.

»Wie heißt noch dieser Krater? Auf dem Mond? Wo ihr gelandet seid?«

»Mare Tranquillitatis.«

»Ist das nicht ein erhebendes Gefühl? Zu wissen, dass du der Erste warst, der da seinen Fuß hingesetzt hat? Dass da jetzt für alle Zeit diese Fahne steht?«

»Wissen Sie, Commander, es ist vor allem ziemlich einsam da oben. Die Mondlandung in allen Ehren, aber ich war froh, als ich wieder unten war. Und dann ... na ja, es hat keinen Unterschied gemacht, verstehen Sie? Ich meine, natürlich war ich ständig von Leuten umgeben. Aber dieses Gefühl, vollkommen allein zu sein, das ist nicht weggegangen. All die Wissenschaftler und Weltraumforscher ... von denen war keiner da, wo ich gewesen bin. Die hocken die ganze Zeit vor ihren Berechnungen und Teleskopen und denken sich Sachen aus. Aber ich, Commander, ich war da, okay? Die können mich fragen, wenn sie was wissen wollen. Ich hab es gesehen. Und ich sag Ihnen was: Wir sind umgeben von Kälte und von Finsternis. Von einem lebensfeindlichen, unendlichen Nichts. Ende der Geschichte.«

»Wenn du das so siehst, Neil Armstrong ...«

»Verdammt, ja, Commander! Was Sie mir da erzählt haben von unbekannter Energie und so, das bedeutet sicher, dass unglaubliche Dinge möglich sind. Aber meinen Sie wirklich, dass sich hier drin«, Armstrong schlug sich mit der rechten Faust dreimal gegen die Brust, »dadurch was ändert?«

»Ich will dir ein Geheimnis verraten, Neil Armstrong. Ein Geheimnis, von dem noch niemand weiß.«

Tom wartete, bis er sicher war, die volle Aufmerksamkeit des Raumfahrers zu haben.

»Wir können unsere Frequenz ändern, Neil Armstrong. Wie bei einem Radio. Das habe ich herausgefunden, zusammen mit meiner Schwester. Es braucht etwas Übung, aber eine winzige Verschiebung der Einstellung, und du bist in einer vollkommen anderen Welt.«

Armstrong blickte nach oben.

»Ich weiß nicht, Commander. Vielleicht haben Sie recht. Aber selbst wenn ... Ich meine, am Ende nehmen Sie sich ja doch immer mit. Egal, wohin Sie gehen. Am Ende können wir immer nur sein, wer wir sind.«

»Dann bist du ein Held, Neil Armstrong. So viel steht fest.«

»Nein, Commander, das ist es ja. Das mit dem Helden ist eine Geschichte. Hier drin bin ich einfach bloß müde. Ich bin zum Mond geflogen, zusammen mit den Träumen und Hoffnungen der gesamten Menschheit. Und alles, was ich dort gefunden habe, waren kalte Felsen. Können Sie sich vorstellen, was das für ein Gefühl ist?«

Tom rutschte näher ans Feuer.

»Keine Ahnung, Neil Armstrong.«

Er warf noch einen Ast in die Glut.

»Wenn du mich fragst, geht es vor allem darum, etwas zu tun, das vorher noch niemand getan hat. Und auch niemand für möglich gehalten hat. Der Erste zu sein, der hinter den Vorhang schaut.«

»... um festzustellen, dass da nichts ist«, wiederholte Armstrong.

Tom nahm den Rucksack und griff sich blind eine Dose.

»Weißt du was, Neil Armstrong?«

Tom warf die Dose in Richtung Himmel und fing sie wieder auf.

»Ich mach uns noch ’n paar Bohnen warm. Wir legen noch ’n Scheit ins Feuer, essen Bohnen und erzählen uns Geschichten. Was hältst du davon?«

»Klingt gut, Commander.«

Armstrong seufzte.

»Klingt echt gut.«

»Und hör auf mit diesem Commander. Wir sind jetzt einfach mal zwei Leute, die am Feuer sitzen und noch ein bisschen plaudern, okay?«

»Okay, Commander.«

»Tom«, sagte Tom und starrte noch eine Zeit lang dahin, wo der Himmel sein sollte.

»Ich heiße Tom.«

3

Beim ersten Morgenlicht brachen sie auf. Tom überquerte Felder, auf denen kein Baum stand, ging über steinharten orangefarbenen Grund, durchwatete Flüsse, versank knietief in Mangrovensümpfen. Mal hatte die Sonne alles emporgesogen, was wachsen, ranken, klettern konnte, dann wieder stieß er auf dichtes Buschwerk. Ein Geruch nach modrigem Sumpf und süßen Blüten erfüllte die Luft, Wurzeln wanden sich wie weiße Schlangen in den Boden und wieder heraus. Was Tom für Blätter hielt, waren Eidechsen, Schlangen sahen aus wie Äste, und aus scheinbar unbewegtem Unterholz brach in der nächsten Sekunde ein Wildschwein. Tausend tanzende Elfen schwebten zwischen Pflanzen, so reich an Farbe und Form, dass Tom vergaß, was vor und was hinter ihm lag, weil alles aufging im ewigen Zauberreich des Hier und Jetzt. Er aß, was der Dschungel ihm gab, meist unreife grüne Bananen, die er ins Feuer warf, bis sie schwarz waren und aufplatzten. Das Fruchtfleisch in der brüchig verkohlten Schale klebte am Gaumen, es schmeckte kalkig und hinterließ einen bitteren Geschmack. Dosenmakrelen mit Reis dagegen waren ein Festmahl, aber Tom achtete darauf, nicht zu viele Konserven zu verbrauchen, weil er nicht wusste, wie lange er unterwegs sein würde.

Einmal brach er zu einem Gebirgskamm durch. Über die tiefgrünen Hügel hinweg konnte er den Berg sehen, dessen schneeweiße Spitze hoch über wolkenschweren Wäldern leuchtete. Es war die schönste Zeit des Tages, die Sonne stand orange in einem rostroten Himmel, und der

Fluss unter ihm wand sich durch den Urwald wie schwarzes Glas. Es war das erste Mal, dass Tom den Ort sah, an dem er sie finden würde.

4

Am nächsten Tag zogen sich Wolken zusammen, ballten sich wie auf ein geheimes Zeichen hin zu einer schwarzen Decke, die den Himmel verschloss. Unter dem Baldachin nahm alles die Farbe von Schlamm an. Schmetterlinge, Orchideen, Kakadus, die eben noch hell gestrahlt hatten, erloschen, als hätte man das Licht aus ihnen gedreht. In Sekundenschnelle war alles dunkel. Ein Wind, der vor elektrischer Energie nur so flirrte, fegte ihm durchs Haar. Tom hörte es knistern, rauschen, prasseln, siebzig Meter über ihm. Dann ein stumm gleißender Blitz, gefolgt von zerdehntem Donnergrollen, das den Himmel erfüllte und lange nachhallte. Vereinzelt platzten Tropfen auf dem Boden, groß und schwer wie reife Beeren, aber das Blätterdach hielt.

Tom sah nach oben. Zwei, drei Tropfen klatschten ihm ins Gesicht, für einen Moment schien es ruhiger zu sein als bisher. Dann krachte ein Blitz, so laut, dass sein Trommelfell schmerzte. Für Sekunden war alles überbelichtet, ein grelles Bild in Schwarz-Weiß, Furcht einflößend und fremd. Dann brach das Wasser durch, ungebremst, aus jeder Lücke. Regen hämmerte schmerzend auf seine Haut, Rinnsale strömten ineinander, Sturzbäche rissen Erdschichten mit sich.

Tom geriet ins Wanken. Seine Füße tasteten nach Halt, glitten weg. Er bekam eine Schlingpflanze zu fassen, trat eine Wurzel tief in den Schlamm und hängte sich an die Liane. Alles um ihn herum rauschte und floss, Wasser strömte von der Rinde auf seine Schultern, Tom sah den Himmel nicht und nicht den Boden, er sah weder den nächsten Baum noch die Hand vor Augen. Die Welt löste sich auf, und nichts war zu hören außer dem Tosen des Sturms, dem Rauschen des Regens, dem schamlosen Gurgeln und Gluckern des Wassers.

Tom rief nach Penny und bekam keine Antwort. Er rief noch einmal und hörte seine eigene Stimme nicht mehr. Der Urwald riss jeden Laut von seinen Lippen, löste ihn auf in Myriaden von Tropfen. Zum ersten Mal, seitdem er seine Schwester verloren hatte, fing Tom an zu weinen. Er weinte hemmungslos, er schluchzte und schrie, er hängte sich an die Liane, bis er sein Gewicht nicht mehr spürte, und das Rauschen des Regens wurde zu einer Frequenz, die ihn forttrug, weit. Weiter.

5

Am Morgen des siebten Tages stieß er auf ein Plateau, das dem Berg vorgelagert war. Tom duckte sich hinter brusthohes Gebüsch und zählte ein knappes Dutzend Rundhütten, gruppiert um eine zentrale Feuerstelle. Die Siedlung wurde begrenzt von nebeldurchwirktem Urwald und dem mächtigen Felsmassiv, das sich hinter den Hütten erhob und hoch in den wolkenlosen Himmel ragte. Das ferne Blau einer endlos scheinenden Weite, darin der schneebedeckte Gipfel, der ihm seit Tagen den Weg gewiesen hatte.

Tom näherte sich einer Hütte, die dem Dorf vorgelagert war und oben spitz zulief. Knochen und Schädel hingen davor, sie bewegten sich leicht und schlugen sanft aneinander, als sich aus dem Schatten der Hütte eine Gestalt löste, ein Mann, der über und über mit Federn geschmückt war. Er rief etwas, das klang, als ließe man ein Tonband rückwärts laufen, und plötzlich traten weitere Männer aus den Hütten. Sie sahen nicht aus wie die Ureinwohner auf den Fotos in der *Welt der Wunder*, sie waren größer, ihre Gesichter feiner, die Körper muskulös, aber nicht gedrungen.

Einer von ihnen, seinem Auftreten nach der Häuptling, sprach mit dem Mann, der sich Tom in den Weg gestellt hatte. Eine Weile schienen sie zu streiten, dann machte der Häuptling ein Zeichen, das Tom nicht deuten konnte.

Er betrachtete die Wilden, deren Sprache er nicht verstand. Deren Riten er nicht kannte. Von denen er nicht mal wusste, ob sie ihn überhaupt am Leben lassen würden.

Er wusste nur, dass er am Ziel war. Da, wo Penny das X gemacht hatte. Bei den Kayi.

Vorsichtig näherte er sich dem Häuptling, versuchte in den Gesichtern zu lesen, doch für ihn blieben es undurchdringliche Masken. Tom nahm seinen Rucksack ab und schüttete den Inhalt auf den Boden. Konserven, Streichhölzer, Salz. Er deutete auf die Päckchen und machte eine Geste, die *Geschenke* bedeuten sollte.

Die Krieger sahen ihn an. Ein paar Männer wichen zurück, andere umklammerten ihre Speere oder gingen in die Hocke, spannten Bögen.

In der *Welt der Wunder* hatte Tom gelesen, dass dem Glauben der Ureinwohner zufolge die Haut eines Toten weiß wird, bevor er ins Jenseits geht. Dass Fremde mit weißer Haut also für Wiedergänger gehalten werden, für Gesandte der Ahnen. Außerdem stand in dem Kapitel über die letzten wilden Stämme der Erde, dass viele Gesten bei Urvölkern das genaue Gegenteil von dem ausdrückten, was sie in seiner Welt bedeuteten. Dass Händeschütteln sogar als Beleidigung verstanden werden konnte.

Tom wusste nicht, was er tun sollte, deswegen legte er einfach die Handflächen aneinander und verbeugte sich.

Der Mann mit dem Federschmuck sprach zu dem Häuptling. Aus der Klangfarbe versuchte Tom einen Inhalt abzuleiten, aber für ihn hörte sich alles gleich an. Der Häuptling schloss die Augen, breitete die Arme aus und begann Laute zu vibrieren, kehlig und tief. Langsam, einer nach dem anderen, ließen die Krieger ihre Waffen sinken. Immer mehr Stammesmitglieder traten aus den Hütten, auch Frauen und Kinder. Vorsichtig gingen sie auf ihn zu, berührten zaghaft seine weiße Haut. Tom hielt Ausschau nach Penny, ließ seinen Blick über die Dorfbewohner schweifen, aber sie war nicht da. Er rief nach ihr, die Kayi erschraken, vermutlich klangen seine Rufe in ihren Ohren ebenso fremd wie das vokallose Stakkato ihrer Sprache in seinen.

Hatte man seine Schwester in einer der Hütten versteckt? Hielt man sie hier gefangen?

Tom wollte keine Hände mehr auf sich, wollte die zwickenden, kitzelnden Finger abschütteln. Nach all den Tagen vollkommener Einsamkeit fühlte er sich bedrängt von der Nähe der Fremden, aber er hatte Angst, die Kayi zu verärgern. Irgendwo hier musste Penny sein, und Tom würde bei diesem Stamm bleiben, bis er sie gefunden hatte.

Seine Hand tastete nach der Figur in seiner Hosentasche.

»Sie können sich auf mich verlassen, Commander«, hörte er Neil Armstrong. »Wir bringen diese Mission zu Ende.«

6

Nach Tagen zaghafter Blicke und misstrauischen Umkreisens hatte so etwas wie ein Austausch begonnen. Zwar nahmen ihn die Männer noch nicht mit auf die Jagd, die Frauen aber bedeuteten ihm, er könne bei der Ernte helfen, dem Flechten von Körben. Die Kayi-Frauen trugen Baströcke aus Sagopalmenfasern und waren so schön, dass Tom sie kaum mit den Abbildungen aus der Welt der Wunder in Verbindung brachte, absurd geschmückten Wilden mit schlechten Zähnen und kohlschwarzer Haut. Besonders Kaipa, die Frau von Häuptling Arbas, musste er bei jeder Gelegenheit ansehen, erst heimlich, doch nach einer Weile begriff er, dass sich niemand daran störte. Dass Schönheit für die Kayi keinen Wert darstellte.

Was zählte, waren Arbeitskraft und Fleiß. Mit einer schönen Frau konnte sich niemand schmücken, wohl aber mit einer, die mehr Süßkartoffeln ausgrub und geschickter mit dem Sagohammer umging als andere. Sago war das Grundnahrungsmittel der Kayi. Der hellbraune, fast geschmacklose Brei wurde in gemeinsamer Arbeit aus dem Palmenstamm gewonnen. Hatten die Männer ein geeignetes Exemplar gefällt, machten sich die Frauen daran, das Innere in kleine Stücke zu hacken und mit Wasser zu versetzen. Die Mischung wurde zu einer zähflüssigen Masse gerührt, gefiltert und in Gefäße gefüllt. Zum Zubereiten einer Mahlzeit gossen die Kayi den Sagobrei in große Blätter, die sie der Länge nach falteten, mit Bast umwickelten und über dem Feuer buken. Die Kruste wurde gegessen, mit der verbliebenen Masse wiederholte man die Prozedur, bis nur noch ein weicher Rest übrig war, den die Säuglinge bekamen und Alte, die kaum noch Zähne hatten.

Neben Sago, Süßkartoffeln, Bananen und Kwa, einer Brotfrucht, aßen die Kayi auch Schlangen, Kasuare und Kuskus, deren Fleisch auf Stöcke gespießt und direkt über den Flammen geröstet wurde. Würmer, Maden, Grashüpfer oder Fledermäuse dagegen klappte man vorher in mit Sago gefüllte Bananenblätter.

Nachts schlief Tom bei Khatanga, dem Schamanen, im Geisterhaus. Khatanga kannte Formeln, die heilen, lindern, einen Zauber auflösen, aber auch verwünschen konnten, er rief Geister und Gottheiten, er bat die Ahnen um Rat, und obwohl Tom davon ausging, dass der Schamane seine Macht einzig dem blinden Vertrauen der Dorfbewohner auf dessen Fähigkeiten verdankte, bekam er Dinge mit, die er sich nicht erklären konnte. Ein Säugling, der von einem heftigen Fieber geschüttelt wurde, erwachte tags darauf vollkommen gesund. Bei einem Alten verschwanden die Symptome der Malaria. Einer Frau heilte Khatanga ein Geschwür, indem er mit einem Blatt darüberstrich und dazu etwas murmelte. Da für die meisten Krankheiten Naturgeister verantwortlich waren, mussten sie oft nur besänftigt oder mithilfe anderer Geister vertrieben werden. Jede Hautflechte war das Resultat böser Gedanken, jeder Baum, jedes Blatt war beseelt, und anfangs musste Tom aufpassen, wohin er trat und wo er sich niederließ, damit die entsprechende Gottheit nicht beleidigt war.

Auf natürliche Weise starb in den Augen der Kayi kaum jemand. Nie waren Viren, Entzündungen oder Bakterien schuld, sondern immer ein Fluch, Besetzung, Hexerei.

Tom hatte Khatanga mehrfach Haare oder Fingernägel umwickeln, besprechen, mit undefinierbaren Substanzen beträufeln und in Kästchen verschließen sehen, Behältnisse, die Tom nie auch nur anrühren durfte.

War ein Stammesmitglied gestorben, blieb die Leiche bei den Angehörigen in der Hütte, bis sie gänzlich skelettiert war. Im Beisein der Toten wurde gegessen, gekocht, geschlafen, und Tom fragte sich, wie die Verwandten den Gestank aushielten, ganz abgesehen von einem anderen Ritual, das damit zusammenhing: War der Verwesungsprozess so weit fortgeschritten, dass der Körper wie aufgepumpt wirkte, rieb man sich als Zeichen der Trauer und der Nähe zu dem Verstorbenen mit Leichenflüssigkeit ein, und dass die Kayi nicht krank davon wurden, wunderte Tom noch mehr, als dass der Brauch ihn ekelte. Er stellte sich vor, wie viel sich im Dorf ändern ließe, wenn die Welt der Wissenschaft den Gott der Steine ersetzte. Wenn die Kayi keinen Berg mehr verehrten, sondern Newton und Neil Armstrong: Pioniere, die sich aufgeopfert hatten, um der Menschheit neue Dimensionen zu erschließen.

Er blickte an dem mächtigen Felsmassiv empor. Einem Befall, einer Infektion gleich schien der Urwald den Berg hochkriechen zu wollen, und für einen Moment glaubte Tom, dicht unterhalb des Gipfels etwas wahrzunehmen. Ein Huschen, wie von einem Tier, flüchtig genug, um für Einbildung gehalten zu werden. Eine Verwehung vielleicht. Eine Schneekante, die irgendwo abgebrochen war, zerstoben wie ein zur Seite geblasener Vorhang.

In einigen Nächten strahlte der Gipfel so hell, dass Tom den Eindruck hatte, der Berg selbst sei die Quelle des

Lichts. Dort oben lebe die weiße Wölfin, hatte Khatanga ihm erklärt. Niemand habe sie je gesehen, aber von Zeit zu Zeit fänden sich Spuren, gebrochene Äste, ein getötetes Tier. Die Wölfin sei größer als andere Lebewesen. Sie verfüge über besondere Fähigkeiten, könne sehen, was niemand sonst sähe. Sie habe Zugang zum Inneren des Lebens, zum Grund allen Seins, und manchmal empfange Khatanga Botschaften direkt von ihr. Natürlich hielt Tom das für Spinnerei, aber die Geschichte klang so sehr nach seiner Schwester, dass er hoffte, Penny möge in irgendeiner Verbindung zu dieser Wölfin stehen.

Vielleicht hatte sie sich den Dschungel nur ausgedacht, und Tom war jetzt Teil ihrer Geschichte? Zwar konnte er die Bäume anfassen, spürte er Hitze, Kälte und Schmerz. Doch zusammen mit seiner Schwester hatte er Dinge erlebt, die nicht zu seiner Vorstellung von Naturgesetzen passten. Was an dem See geschehen war, kam in der Welt der Wissenschaft einfach nicht vor, und Tom wusste genau, warum sein Vater die *Welt der Wunder* immer ungelesen im Regal hatte stehen lassen. Er aber würde Licht auf die dunkle Seite bringen. Er würde Penny finden und am Ende neben Neil Armstrong in der Reihe der Pioniere stehen. Es würde Plastikfiguren von ihm geben, die stolze Väter gemeinsam mit ihren Söhnen anmalen würden, mit Pinseln, die nur ein Haar hätten.

Legten neueste wissenschaftliche Erkenntnisse nicht nahe, dass die Vorstellung von fester Materie eine Illusion war? Dass alles aus vibrierenden Teilchen bestand? Gedanken, Gefühle, Gerüche, Licht oder Glas. Alles war eins, alles bestand aus derselben Energie, und dass diese Energie überhaupt zu etwas Sichtbarem erstarrte, lag einzig an der Unterschiedlichkeit ihrer Frequenz. Körper wurden von dichter, langsam schwingender Energie geformt, während Gedanken und Gefühle hochfrequent, flüchtig und zumindest für das menschliche Auge unsichtbar waren. Welcher Wissenschaftler wollte ernsthaft ein Leben nach dem Tod in Abrede stellen, wenn Energie doch niemals verloren ging, sondern nur andere Formen annahm? Pflanzen welkten und sanken zurück in die Erde, um dort neues Leben zu nähren. Selbst seine Kleidung bestand aus Energie, wie sehr musste das dann erst für seine Schwester gelten?

Noch einmal blickte er zum Berg hinauf. Glaubte erneut, etwas wahrzunehmen. Eine Bewegung, schneller vorbei, als ein Gedanke braucht, um zu greifen.

7

Es sollte ein Fest geben, zu Ehren der Wölfin. Seit Tagen fällten die Kayi Sagopalmen in einem Sumpfgebiet, wo besonders prächtige Exemplare wuchsen. Die Männer kerbten Stämme mit Steinäxten, um Raupen darin zu züchten, die Engerlinge des Capricorn-Käfers, eine Delikatesse, die es nur zu besonderen Anlässen gab. Die Frauen schmückten die Hütten und rührten Farben an, und als der Tag gekommen war, brach Dainaba, Arbas' ältester Sohn, gemeinsam mit Tom und einer Handvoll Männern zur Jagd auf.

Dainaba hatte Tom nicht nur das Jagen, sondern auch das Fertigen von Pfeilspitzen aus Steinen oder Kasuarknochen beigebracht. Es gab verschiedene Sorten für unterschiedliche Zwecke, aber jede Spitze war kostbar, jeder leichtfertig verschossene Pfeil ein Verlust. Tom lernte das Spannen des Bogens, die Kontrolle über seinen Atem und kräftigte seine Muskeln, bis es ihm möglich war, die Körperspannung zu halten, ohne zu zittern. Er lernte seine Aufmerksamkeit so zu konzentrieren, dass die Grenze zwischen Absicht und Erfolg verwischte, und nun war es ihm vorbehalten, das Tier zu erlegen, das am Abend der Wölfin geopfert werden sollte.

Sie waren schon mehrere Stunden unterwegs. Toms Hemd klebte am Körper, während die anderen kein Zeichen von Erschöpfung zeigten. Dainaba konnte jedes Blatt, jeden Quadratzentimeter Boden lesen wie Wegweiser, schattenhaft glitt er durch das Gebüsch, huschten seine Krieger über dicht bewachsenen Grund, und Tom bewunderte die raubtierhafte Eleganz, ihre überscharfen Sinne, mit denen sie bereits wahrzunehmen schienen, was er nicht mal sah, wenn es direkt vor seiner Nase lag.

»Yaiiee!«

Dainaba deutete auf einen Zweig mit zwei langen Blättern, deren Enden miteinander verknotet waren. Das Zeichen, dass ein Wildschwein gesichtet worden war.

»Yaiiee!«, hörten sie die Rufe der Spurensucher. »Yaiiee! Yaiiee!«

Die Jagd hatte begonnen. Und als sie endete, als sie empfangen wurden von einem Dutzend jubelnder Kayi, fühlte sich Tom wie ein Hochstapler, ein Lügner und Betrüger. Was sie ihm zugetraut hatten, war gerade mal der finale Stoß gewesen, nachdem das Schwein bereits von Pfeilen durchbohrt und gefesselt worden war, und jetzt hing es zwischen Dainaba und ihm an einem dünnen Baumstamm. Tom ging voraus, Dainaba hielt das andere Ende des Stamms mit beiden Händen auf der Schulter fest. Aber selbst das war eine Inszenierung. Bevor sie in Sichtweite kamen, hatten vier von Dainabas Männern das Schwein getragen, Tom hätte keine fünfhundert Meter geschafft, ohne zusammenzubrechen.

Er wusste nicht, was ihn mehr beschämte: dass man ihn für keinen ernst zu nehmenden Jäger hielt oder dass er dem Rest des Stammes den tapferen Krieger vorspielen musste. Womöglich waren die Kayi sogar eingeweiht und billigten jeden Betrug, solange nur das Fest nicht gefährdet war.

Was dachte Kaipa, wenn sie ihn ansah? War sie stolz auf ihn? Und die anderen? Je stärker er darauf achtete, desto öfter glaubte er, Spott in ihren Blicken zu erkennen.

Tom sah, wie die Männer den Bauch des Schweins aufschnitten, wie sie den Körper aufrissen und die Beine auseinanderzwängten, bis die Rippenbögen in den Himmel staken. Während immer mehr Holz herbeigeschafft wurde, zog Kaipa eine Schnur unter einem mit Zunder unterlegten weichen Holzstück hin und her und blies vorsichtig in den entstehenden Schwelbrand, bis die erste Flamme züngelte. Je weiter die Vorbereitungen gediehen, desto ernsthafter wurde die Stimmung. Während des Rituals, das Tom zum Jäger machen sollte, werde sich die Wölfin erstmals zeigen, sagte Kaipa. Sie gab ihm Blätter zum Kauen und fügte flüsternd hinzu, dass Khatanga ihn als Köder brauche. Der Schamane habe immer gehofft, dass sich ein weißer Mann ins Dorf verirre, mit dem er die Wölfin anlocken könne. Und nun, endlich, sei es so weit.

Die Männer rauchten etwas, von dem Tom nach ein paar Zügen erst schlecht und dann schwindelig wurde. Alles drehte sich, die Farbe fiel einfach aus dem Himmel, und als am Ende das Schwein über den Flammen knisterte und zischte, als es nach verbrannter Haut und verkohlten Borsten roch, wusste Tom plötzlich, dass nicht das Wildschwein der Wölfin geopfert werden sollte, sondern er.

8

Das Sirren des Schwirrholzes. Ein oval geschliffener Knochen, den Khatanga an einem Band über seinem Kopf kreisen ließ. Ein sausender, flüsternder Ton, ein sphärisches Brummen, in das sich bald der Untertongesang des Schamanen mischte.

Die rauchgeschwängerte Luft in der Hütte. Dichte Schwaden, die Körper unterschiedslos ineinanderblendeten. Momentlang, wenn der Feuerschein den wabernden Nebel erhellte, glommen Gesichter auf, nur um danach wieder in Dunkelheit zu versinken.

Der Rausch, erst quecksilbrig und schrill, dann wie ein dumpfes Fieber. Das Stampfen der Trommeln. Rauer, monotoner Gesang. Tom drehte sich, immer schneller. Kleine Explosionen aus Licht. Etwas rieselte kühl durch seinen Scheitel ins Mark.

Für einen Moment Stille.

Dann kamen die Stimmen.

Tom rannte. Der Wald löste sich auf zu einem Meer aus Farben und Formen. Alles floss, formte sich neu. Die Nacht war elektrisiert von Millionen Insekten, der Dschungel leuchtete, jedes Blatt hatte eine andere Farbe, hinter jedem Stamm eine andere Stimme, und aus dem Sirren und Brummen des Urwalds formte sich plötzlich Pennys Name.

Und dann waren die Insekten in seinen Adern. Waren sie heiß und lebendig überall in seinem Körper, wollten sie ihn zum Platzen bringen, raus aus seiner Haut, also rannte er weiter, schneller, folgte der Stimme in Richtung des Berges.

Etwas flatterte, dicht über ihm. Dunkle Flecken tanzten vor seinen Augen, aber er durfte die Stimme im Flüstern und Rauschen des Urwalds nicht verlieren, musste sich ganz auf ihre Frequenz einstellen, sich von ihr tragen lassen, den Fels hinauf zum Gipfel, zur Heimat der Wölfin.

Tom lief den Hang hoch, weiter, der Schneegrenze entgegen. Kurz meinte er, eine Gestalt hinter den Bäumen auftauchen zu sehen.

»Penny!«

Auf einmal klang auch seine Stimme anders. Wie zusammengesetzt aus dem Schwirren und Flirren des Waldes. Als müsste sie sich durch ein verzweigtes Tunnelsystem quälen, durch enge Gänge, tief unter der Erde, in denen pelzige Körper langsam verwesten.

»Bitte, Penny! Ich bin's!«

Tom zwängte die Hand in seine Hosentasche und bekam Neil Armstrong zu fassen.

Ein Pionier darf keine Angst haben. Ein Pionier ist der Erste, der den entscheidenden Schritt wagt. Der die Hand hinter den Vorhang streckt. Egal, was dahinter ist.

Etwas lief auf ihn zu.

Das ist eine Täuschung, dachte er. Das ist nicht echt.

Ein Pionier scheut die Finsternis nicht. Ein Pionier hält den Anblick des Wesens aus.

Es gibt keinen Dschungel, dachte er und schloss die Augen. Das ist Pennys Geschichte, in der ich mich verlaufen habe. Ich muss nur aufwachen.

Tom öffnete die Augen.

Das Wesen setzte zum Sprung an.

Und plötzlich riss etwas an ihm. Tom stürzte, sein Gesicht schlug auf den Boden, er schmeckte, atmete Erde, und dann packte, schüttelte es ihn, biss er sich auf die Zunge. Tom schmeckte Blut, während unter ihm ein Grund nachgab, der von winzigen Tunneln durchzogen war. Gänge voller Schwefeldampf, der alles zersetzte.

»Bring mich hier weg«, flüsterte er und umklammerte die Figur. »Bitte, Neil Armstrong. Du warst auf dem Mond. Du kommst überall hin.«

Tom spürte seine Lunge brennen, den Schwefel sich in seinem ganzen Körper ausbreiten.

»Ich bin kein Pionier, Neil Armstrong. Ich habe Angst.«

Ein scharfer Schmerz drang in sein Gesicht, und wie ein Puzzle, das von beiden Seiten zusammengeschoben wurde, brach der Boden auf.

III

DAS WESEN

I

Weiß. Erbarmungslos blendendes Weiß.

Du erwachst und hast alles in dir. Du öffnest die Augen und erkennst nichts. Formen, Farben, Licht. Das ist die Welt, die du mit Augen sehen, die du riechen, schmecken, fühlen kannst. Die du nicht zusammenbringst mit dem, was du erkannt hast.

Du weißt: Was du siehst, ist nicht die Wahrheit. Was du siehst, ist ein Spiel, für niemand anderen gemacht als für dich. Ein Spiel, dessen einziger Sinn darin besteht, es zu spielen.

Du schließt die Augen und weißt: Das Spiel verschwindet, indem du dich darauf einlässt. Indem du dich hingibst, mit allem, was du hast. Sonst bleibt ein Rest. Und dieser Rest holt dich zurück, immer wieder. Es ist einfach. Nicht kompliziert. Was es kompliziert macht, ist das Vergessen. Was es kompliziert macht, ist die Angst.

Deine Lider zucken. Du siehst Licht und willst schreien. Du siehst Licht, und die Quelle verschwindet schneller als der Traum, dem du entrissen wirst.

Du schlägst die Augen auf und siehst einen Wolf.

2

Vera klappte das Heft zu und rieb sich die Augen. Es war schon spät, weit nach Mitternacht, sie hatte während des Lesens vollkommen die Zeit vergessen.

Wer hatte das geschrieben? Tom selbst konnte es nicht gewesen sein, einige der Texte waren an ihn adressiert, und auf dem Einband, direkt unter dem Titel, stand *Für Tom*.

Alle Einträge wiesen dieselbe Handschrift auf, sie schienen über eine lange Zeit hinweg unter verschiedenen Bedingungen verfasst worden zu sein. Es gab Passagen, die kindlich waren, durchzogen von einem fast märchenhaften Ton. Andere Texte zeugten von einer Weisheit und sprachlichen Reife, die jemand in Toms Alter unmöglich erreicht haben konnte. Es gab Geschichten, die im Dschungel spielten, in einer mystischen Welt, einem Land voller Fabelwesen. Dann wieder tagebuchähnliche Notizen, in denen Angst spürbar wurde, eine stetig näher rückende Bedrohung. Dazwischen rätselhafte Gedanken und Fragmente.

Die sonderbarsten Einträge aber – und gleichzeitig jene, die Vera am meisten verstörten – lasen sich wie Reisebeschreibungen in verschiedene Dimensionen der Realität. Sie kreisten um einen See, der wie eine Tür zu einer anderen Welt funktionierte. Man musste aus einer bestimmten Perspektive auf seine Oberfläche blicken und durfte keine Angst haben, das war das Wichtigste. Sonst nämlich schrecke man zurück vor dem Wesen, das die Pforte bewache. Man müsse lernen, es auszuhalten. Sich der eigenen Finsternis stellen. Nur dann könne man dem Dämon begegnen, der einen zum wahren Selbst führe.

Vera schüttelte den Kopf. Karlmann würde sie auslachen, wenn sie ihm davon erzählte. Doch etwas hinderte sie daran, das *Buch der Wunder* als Kinderei abzutun.

Dieses Buch gehört: Penny und Tom.

Wie die Eltern auf den Namen des Mädchens reagiert hatten, war kaum angemessen gewesen für einen unsichtbaren Begleiter, eine eingebildete Person, mit der Tom angeblich seit der Kindheit nichts mehr zu tun hatte. Vera nahm sich vor, die Familie bei Gelegenheit unter die Lupe zu nehmen. Ohne Karlmann davon zu erzählen, natürlich. Sie spürte, dass mehr dahintersteckte als die übliche Vermisstengeschichte. Dass das Verschwinden des Jungen irgendwie mit diesem Heft zu tun hatte.

Vera betrachtete den Einband. Strich mit den Fingerspitzen darüber und schlug das Heft erneut auf, an der Stelle, die sie sich zuletzt angesehen hatte.

3

Etwas geht vor sich, und du weißt nicht genau, was es ist. Ein Wind in den Straßen, der die Leute beim Gehen einzufrieren scheint. Als hätte jemand ihre Geschichte angehalten. Als hakte ihr Film, nur einen Lidschlag lang. Flüchtig genug, um für Einbildung gehalten zu werden. Lange genug, um die Mechanik dahinter erahnen zu lassen.

Du kannst sie sehen, jeden Morgen. Wie sie zur gleichen Zeit aus ihren Häusern strömen. Wie sie sich an Ampeln stauen und die Straßen fluten, mit gesenktem Blick, als hätte man sie gelöscht und dann ein komplett neues Programm aufgespielt. Ein Betriebssystem, in dessen Zentrum eine Lüge steht. Die Lüge, dass es um Geld geht, um Macht. Darum, sich immer weiter anzufüllen. Mit Bildung, Arbeit, Besitz.

Dein Wert, glauben sie, bemisst sich daran, wie viel du sammelst. Du musst mehr haben als andere. Mehr Werte, mehr Urlaub, mehr Sex. Je mehr du von allem hast, desto glücklicher wirst du. Also schaufelst und raffst du, aber es ist nie genug, weil es immer noch mehr gibt, schöner, reicher, klüger, und das ständige Gefühl, nicht auszureichen, ist das Gegenteil von dem, was dir versprochen wurde.

Also musst du dich noch mehr anstrengen. Du wirst schneller, dein Blick wird enger, konzentriert sich immer verbissener auf etwas, das du gar nicht erreichen kannst, weil es außerhalb des Systems liegt, das ist ja der Witz. Es geht gar nicht um Anhäufung. Du hast alles längst in dir. Du hast es nur vergessen.

Doch statt dich auf die einzige Reise zu begeben, die sich anzutreten lohnt, erniedrigst du dich Tag für Tag selbst, aus Angst, einem System zu entfallen, das dich nur weiter zerstört. Während die Sehnsucht Löcher in dich frisst, verdämmerst du dein Leben. Bis du aufwachst und sie erzählst, in den Büros, an den Lagerfeuern dieser Welt. Die wahre Geschichte deiner Herkunft.

Erinnerst du dich?

Am Anfang war das Wort, das Wort war Gedanke, und der Gedanke war bei dir.

4

Drei Tage nach seinem Verschwinden tauchte Tom wieder auf. Er stand plötzlich im Garten seines Stiefvaters, als wäre er nie fort gewesen. So jedenfalls erzählte es seine Mutter der Polizei.

Ihr Junge sei wieder da, es gehe ihm gut. Er habe leichtes Fieber und Verbrennungen im Gesicht, vermutlich von der Sonne. Er habe sich in irgendeinem Wald verlaufen, viel mehr sei von ihm nicht zu erfahren gewesen. Er müsse jetzt erst mal wieder zu Kräften kommen.

Für Karlmann war der Fall damit erledigt. Für Vera nicht. Sie hatte herausgefunden, dass Penny kein unsichtbarer Begleiter war, sondern Toms Schwester, die damals am Gartenteich ums Leben gekommen war. Zwar waren Eltern, die aus lauter Schmerz ihre verstorbenen Kinder verleugneten, nicht so selten, wie man dachte – Vera kannte sogar Leute, die ihre ehemaligen Partner für tot erklärten, weil sie die Trennung nicht ertrugen –, aber dass Pennys Mutter sogar die Polizei anlog, zeugte schon von extremer Verzweiflung.

Vermutlich hatte sie nie über den Unfall gesprochen. Weder mit ihrem Mann noch mit Tom. Sie hatten einfach Beton in den Teich gekippt und gehofft, die Vergangenheit für immer darunter begraben zu können. Deswegen hatte Vera damals geglaubt, die Eltern hätten etwas mit Toms Verschwinden zu tun. Doch der Schlüssel war immer seine Schwester gewesen. Penny und dieses sonderbare Schulheft. Vera selbst hatte sich an einigen der Anleitungen zur Änderung der Frequenz versucht, doch so sehr sie sich auch an die Texte gehalten hatte, nie war sie dem beschriebenen Zustand auch nur nahe gekommen.

Obwohl sie Tom nie begegnet war, hatte das Heft eine besondere Verbindung zu ihm geschaffen. Seine Geschichte hatte sie nicht losgelassen, auch in den Jahren darauf nicht. Sie wusste, wo Tom war und was er tat, sie wusste sogar von der Krankheit, unter der er seit seiner Rückkehr litt. Die starke Rötung in seinem Gesicht war kein Sonnenbrand gewesen, sondern eine seltene Autoimmunerkrankung, Lupus erythematodes, die normalerweise vor allem junge Frauen befiel. Aus unerfindlichen Gründen richteten sich Abwehrzellen gegen das eigene Gewebe, der Lupus konnte den ganzen Körper befallen, zeigte sich aber zuerst auf der Haut. Wann er zuschlug, konnte niemand sagen, es gab Patienten, die jahrelang von Ausbrüchen verschont blieben, andere starben schon nach kurzer Zeit an mehrfachem Organversagen.

Bei Tom war nur die Haut über den Wangenknochen betroffen gewesen, und jetzt zeichneten ihn die charakteristischen Narben im Gesicht, die an einen Wolfsbiss erinnerten und der Krankheit ihren Namen gaben. Erschreckender als die äußeren Male jedoch fand Vera Toms innere Wandlung. Als sie damals wegen der Vermisstenanzeige bei den Eltern gewesen waren, hatte die Mutter auch frühe Fotos gezeigt, von einem lebensfrohen Jungen mit leuchtenden Augen, einem Entdecker voller Ideen. Mit Tauchermaske, Schnorchel und auf den Rücken geschnallten Plastikflaschen lag er auf dem Teppich und imitierte Schwimmbewegungen, die Finger zum Okay-Zeichen geformt. Oder er stand als Raumfahrer, komplett in Alufolie gewickelt, an der amerikanischen Flagge, die er aus einem Besenstiel und einem bemalten Papier gebastelt hatte. Dem Jungen von damals war anzusehen, dass er etwas Großes vollbringen wollte, während der dreißigjährige Mann auf aktuellen Pressefotos erloschen wirkte, versteckt hinter einem durchschnittlichen Gesichtsausdruck, einer durchschnittlichen Frisur und einem durchschnittlichen Anzug. Das Einzige, das ihn besonders machte, waren seine Narben.

Tom arbeitete mittlerweile als Kreativer in einer großen Agentur. Direkt nach der Schule war er ausgezogen, hatte erst ein Praktikum und dann schnell Karriere in der Werbung gemacht. Vera hatte überlegt, ob es eine Verbindung gab zu dem Kind auf den Fotos, den Texten, die sie im *Buch der Wunder* gelesen hatte. Er verdient sein Geld mit der Manipulation von Wirklichkeit durch Geschichten, hatte sie gedacht. Er führt Pennys Werk fort, wenn auch auf einer anderen Ebene. Doch irgendwann hatte sie herausgefunden, dass die Wahrheit viel schlichter war. Dass er den Job nur durch Beziehungen seines Stiefvaters bekommen hatte. Aus dem Jungen von damals war ein Angepasster geworden, der den Gesetzmäßigkeiten der Siedlung folgte, und Vera hätte das Interesse an ihm verloren, hätte nicht das *Buch der Wunder* genau diese Wandlung vorhergesagt. An mehreren Stellen stand zu lesen, was geschehe, wenn man den Anblick des Wesens nicht aushalte. Wenn man fliehe vor seinem wahren Selbst und aus Angst zu einer leblosen Hülle erstarre.

Dass sie jetzt aber selbst Karlmann gegenüber ihre Scham überwand und ihm das Heft zeigte, hatte mit etwas anderem zu tun. Einem aktuellen Fall, einer Serie getöteter Tiere, in der Vera verblüffende Parallelen zu Pennys Zeichnungen und Notizen von damals erkannte.

»Nicht dein Ernst, oder?« Karlmann ließ das Heft zurück auf seinen Schreibtisch fallen und rieb sich die Augen. »Tut mir leid, Vera, ich sehe den Zusammenhang nicht. Dieser Junge ist doch längst zurück. Was interessiert dich das Geschreibe eines gelangweilten Schülers von vor über zehn Jahren?«

»Das ist nicht von ihm«, sagte Vera. »Das ist von seiner Schwester. Die Mutter hat damals behauptet, es gäbe sie nicht. Eine Fantasie des Jungen. Erinnerst du dich?«

»Nein.«

Karlmann hackte seinen Kugelschreiber auf die Schreibtischunterlage, immer wieder, Mine raus, Mine rein, er wusste, dass sie das wahnsinnig machte.

»Sie ist im Gartenteich ertrunken. Kurz bevor der Junge verschwand, vor ziemlich genau dreizehn Jahren.«

Karlmann blickte in seine Kaffeetasse. »Ich weiß trotzdem nicht, was das mit unserer Sache zu tun haben soll. Der Junge ist doch einfach wieder aufgetaucht, das war doch gar kein Fall. Und wieso hast du eigentlich immer noch dieses Heft?«

»Hier.« Vera hielt ihm ein anderes Bild hin, das die Wölfin oben auf einem Berg zeigte. Auf dem Gipfel lag Schnee, am Fuß des Berges lagen lauter zerrissene Tiere.

»Noch mal: Ich sehe da keinen Zusammenhang. Außerdem gibt es hier gar keine Wölfe.« Karlmann ging zum vierten Mal an diesem Morgen zur Kaffeemaschine, und Vera zog das Heft zurück auf ihren Tisch. Er hatte die

Zeichnung höchstens flüchtig betrachtet, dazu den Kopf geschüttelt, als hätte sie jetzt endgültig den Verstand verloren. Seiner Meinung nach war ein tollwütiger Hund für die getöteten Tiere verantwortlich, alles andere hielt er für Hirngespinste.

»Von diesem Tag an fürchteten die Tiere des Dschungels Raksha, den Dämon, und scheuten ihre Nähe«, las sie die sorgsam mit Füller gemalten Worte unter der Zeichnung vor.

»Raksha?«

»Die Wölfin aus dem Dschungelbuch«, sagte sie. »Nie gelesen? Sie nimmt Mogli bei sich auf, zieht ihn groß und ...«

»Hör zu, Vera.« Karlmann rieb sein Gesicht zwischen den Händen. »Ich habe eine Nichte, die liest viel. Fantasy, Science-Fiction. Das ganze Zeug, das Kinder in dem Alter eben so lesen. Und weißt du was? Die macht genau dasselbe. Denkt sich Geschichten aus und schreibt sie in ein Heft. Puzzelt sich was zurecht aus dem, was sie gelesen hat, und verbindet ihre eigenen Fantasien und Probleme damit. Das ist ganz normal. Zumindest ist es alles andere als ungewöhnlich.«

»Ich weiß. Aber was hier drinsteht ... glaub mir, ich komm mir selbst blöd dabei vor. Aber was da drin steht, scheint irgendwie ... zu passieren. Ich weiß nicht genau wie, aber ich würde bestimmt nicht ausgerechnet dir damit kommen, wenn ich nicht wüsste, dass hier irgendwas ganz und gar nicht in Ordnung ist.«

Karlmann sah sie lange an. Umschloss mit beiden Händen seine Kaffeetasse. So fest, dass Vera Sorge hatte, er könnte sich verbrühen.

»Ich weiß selbst, wie das klingt«, sagte sie. »Aber in diesem Heft scheinen Dinge zu stehen, die noch gar nicht …«

Vera strich mit den Fingerspitzen über die Seiten.

»Als hätte seine Schwester es geschafft, eine Frequenz zu erreichen, von der aus man … alles sehen kann.«

»Okay.«

Karlmann hob die Hände abwehrend vor sich.

»Mir ist durchaus klar, dass hinter deinen schönen Augen ein Prozessor arbeitet, der mehr registriert und verwertet, als normale Menschen überhaupt wahrnehmen. Aber glaub mir: Dieses eine Mal liegst du falsch. Du verrennst dich da in was, und ich wäre echt froh, wenn du dieses Zeug da einfach vergessen könntest.«

»Gut.«

Vera blätterte weiter.

»Versprochen.«

Karlmann sah sie überrascht an.

Da. Da war die Seite. Das Märchen von den beiden Geschwistern.

»Ich fang nie wieder davon an«, sagte Vera, »wenn ich dir eine allerletzte Geschichte daraus vorlesen darf.«

Karlmann seufzte. Er nahm einen Schluck Kaffee und warf ihr über den Rand der Tasse einen Blick zu.

»Nie wieder?«, fragte er.

»Ehrenwort.«

»Okay.«

Karlmann lehnte sich zurück.

»Ich höre.«

5

Es war einmal ein Mädchen, das glaubte an Wunder. Ihr Name war Penny. Sie hatte einen Bruder, der hieß Tom. Tom glaubte an die Wissenschaft. Er hielt es für seine Pflicht, Penny die Wahrheit zu sagen: dass es keine Wunder gibt. Dass man alles auseinandernehmen und wieder zusammensetzen kann. Wie ein Puzzle, ein Uhrwerk oder ein Flugzeugmodell. Tom zerlegte die Dinge vor Pennys Augen und sagte, siehst du, kein Geheimnis. Das hier sind die Teile, aus denen die Welt besteht. Wir wissen genau, wie sie funktioniert. Wir haben alles unter Kontrolle.

Doch eines Tages geschah etwas, das sich Tom nicht erklären konnte. Zusammen mit seiner Schwester entdeckte er einen Ort, an dem die Gesetze, denen er vertraute, nicht galten. Einen See, der alle Frequenzen in sich vereinte. In dessen Spiegelung Gedanken, Ängste, Träume, Hoffnungen und Wünsche Gestalt annahmen. Jenseits des Spiegels begegnete man seinem wahren Wesen. Doch kurz bevor es sich ihm offenbarte, bekam Tom Angst. Er floh vor seiner Bestimmung und erwachte zurück in der Siedlung.

Es war einmal ein Junge, der glaubte daran, etwas erreichen zu können, das vor ihm niemand geschafft hatte. Doch als es so weit war, hörte der Junge auf, an das Große in sich zu glauben. Sein Dämon aber lebte weiter, unbemerkt von ihm. Auf einer Frequenz, die er nicht sehen konnte.

Während der Junge erwachsen und immer mehr zu einem Teil der Siedlung wurde, bereitete sich das Wesen darauf vor, in seiner Welt Gestalt anzunehmen. Die Spiegelung zu überwinden.

6

Räuber!«
Johannes Zöllner verlagerte das Gewicht von einem Bein aufs andere, während sich das Echo seiner Stimme tief in den Wald hinein fortsetzte.

»Räuber!«, rief er noch einmal, lauter.

Er horchte auf ein Geräusch, ein Krachen, irgendetwas, das ihm verraten konnte, in welche Richtung sein Hund gelaufen war.

»Räuber, wo bist du?«

Johannes bemerkte, dass seine Stimme flehend klang, beinahe panisch. Er hätte gern einen Satz nachgeschoben, um die Färbung seiner Worte zu korrigieren, aber er sprach ja zu niemandem, er war ja vollkommen allein mitten im Wald, und es gab keinen, der ihn hören konnte, nicht wahr, es gibt hier niemanden, also mach dich nicht lächerlich, hier ist nur dein Hund und das Kaninchen, dem er vermutlich hinterherjagt.

Johannes dachte an die verwitterte Tafel am Eingang des Waldes, Hunde seien an der Leine zu führen, der markierte Pfad dürfe nicht verlassen werden, und weiter in den Wald hineinzugehen als eingezeichnet, sei verboten.

Johannes hatte keinen längeren Spaziergang geplant, er wollte den Hund nur schnell von der Leine lassen, doch Räuber war sofort in diesem Wald verschwunden, der Johannes noch nie aufgefallen war.

»Räuber, wo bist du denn, wir müssen weiter!«

Er klatschte zweimal in die Hände, wie um ein Kind zur Eile zu treiben, denn das Klappern der Äste machte ihm

Angst, das Krachen der Zweige unter seinen Füßen und noch etwas anderes, von dem er nicht genau wusste, was es war. Das Klatschen beruhigte ihn, der Klang seiner Stimme, die normale Sachen sagte, Sätze, wie er sie manchmal auf der Straße hörte.

Plötzlich ein Pfeifen, ein hoher Ton, silbrig und dünn, kaum wahrnehmbar. Wie fernes asthmatisches Atmen, wie Wind in den Ästen, doch es gab keinen Wind.

Vielleicht hatte dieses Pfeifen seinen Hund losrennen lassen. Vielleicht wurde er auch langsam irre und bildete sich nur ein, dass der Wald mit jedem Schritt dunkler wurde. Dass immer weniger Licht zwischen den Bäumen hindurchdrang.

Maria durch ein' Dornwald ging, Kyrie eleison ...

Die Melodie war plötzlich in seinem Kopf, er begann sie zu summen, leise zunächst, formte die Worte stumm in seinem Inneren, *der hat in sieben Jahrn kein Laub getragen*, und dann öffnete er die Lippen und sang das Lied, suchte Zuversicht und Trost in den Zeilen, die er hundertmal mit seiner Gemeinde gesungen hatte, oft ohne zu wissen, was er da eigentlich sang, *da haben die Dornen Rosen getragen*, irgendwann rief man das alles automatisch ab, wie das Vaterunser, aber jetzt begriff er den Text, erschlossen sich ihm die Worte, *wer soll dem Kind sein Täufer sein?*, sang er und brachte das Lied erstmals zurück an seinen Ursprung, *das soll der Sankt Johannes sein*.

Da. Ein Jaulen. Ein Winseln.

»Räuber?«

Ein Knacken, dicht hinter ihm.

»Räuber, bist du das?«

Wie soll dem Kind sein Name sein?

Ein kurzes Kläffen. Ängstlich, überrascht. Ein Laut, den Johannes so noch nie von seinem Hund gehört hatte.

Sein Name, der soll ...

Johannes massierte seine schmerzenden Knie, die vom demütigen Hocken auf Holzbänken und Marmor schon so zerschunden waren, dass er während der Messe unter der Soutane heimlich Schoner trug.

Vorsichtig sah er sich um. Er hätte gern weitergesungen, um sich Mut zu machen, um zu zeigen, dass Gott mit ihm war. Doch wenn er durch das Lied etwas anlockte?

Er tastete nach dem Rosenkranz. Spürte die beruhigende Glätte und Kühle der Kugeln.

Da war es wieder. Das Geräusch.

Johannes ballte die Hände zu Fäusten und ging tiefer in den Wald hinein, den Geräuschen entgegen.

Sein Hund suchte ihn, brauchte seine Hilfe, und es tat gut, etwas Lebendiges zu hören. Etwas, das ihm die Richtung wies.

Er ging schneller. Ließ die Kugeln des Rosenkranzes zwischen den Fingern gleiten.

»Räuber!«, rief er, und das Winseln wurde lauter. »Ich bin's, mein Junge, ich bin doch gleich bei dir!«

Johannes wusste, dass hier etwas nicht stimmte. Aber er wollte nicht darüber nachdenken, und er war froh, ein Ziel zu haben. Ein Ziel war eine Entscheidung, und eine Entscheidung blendete schlagartig alle Möglichkeiten aus, die noch zuvor ebenso wahrscheinlich gewesen waren.

Das Winseln, plötzlich ganz nah. Dazu eine Art Scharren.

»Räuber?«

Jaulen und Fiepen. Dicht bei ... nein: *unter* ihm.

Johannes ließ seinen Blick über das Laub wandern. Ging noch einen Schritt auf das Geräusch zu.

Sein Fuß rutschte ab, er verlor den Halt. Johannes konnte den Sturz mit seinen Armen abfangen, aber seine Beine hingen bereits herab, und seine Hände waren zu schwach, um ihn am Rand halten zu können. Seine Rippen schlugen gegen die Wand, Johannes landete auf den Füßen, fiel auf die Knie, kippte zur Seite.

Für einen Moment blieb ihm die Luft weg. Sein Oberschenkel schmerzte, seine Hüfte. Der Pastor schloss die Augen.

Etwas Warmes, Feuchtes an seinem Gesicht. Schnelles Atmen. Hecheln.

»Räuber«, brachte Johannes hervor und lächelte.

Sein Hund fiepte.

»Wo sind wir hier nur gelandet, alter Junge.«

Die Augen des Priesters brauchten ein wenig, um sich an die Dunkelheit zu gewöhnen. Dann sah er, was für ein Glück er gehabt hatte. Räuber und er waren in eine Art Grube gefallen, von der es noch tiefer herabging, er konnte nicht erkennen, wie weit.

Johannes Zöllner überzeugte sich davon, dass seinem Hund nichts fehlte. Dann dirigierte er ihn behutsam zur Wand, redete beruhigend auf ihn ein und drückte den Körper des Labradors nach oben, bis die Vorderpfoten den Rand erreicht hatten.

»Ein kleines Stück noch, du hast es gleich!«

Johannes stellte sich auf die Zehenspitzen, und als der

Hund ganz oben war, als er es endlich geschafft hatte, die Grube zu verlassen, zitterten die Arme des Pastors, und sein Gesicht war voller Erde.

Keuchend ließ er sich gegen die Wand sinken. Er schwitzte, obwohl es draußen kühl war. Von dem goldenen Oktober, den die Meteorologen versprochen hatten, war bisher nichts zu spüren gewesen.

»Räuber?«

Johannes seufzte. Sein Hund war schon wieder weg.

Was soll's, dachte er. Raus musst du hier sowieso alleine, der Hund kann dir da nicht helfen. Und Gott vermutlich auch nicht.

Er suchte die Wände nach einer Wurzel ab, einer Mulde, in die er seinen Fuß setzen konnte. Auf halber Höhe ragte ein Stein aus dem Erdreich. Johannes umfasste ihn mit beiden Händen und prüfte gerade, ob er fest genug saß, als sein Hund plötzlich aufjaulte, ängstlich, überrascht.

»Räuber?«

Was er dann hörte, klang wie Gewittergrollen, gefolgt von einem dumpfen Schlag. Als fiele ein Körper aus großer Höhe auf den Boden. Das Geräusch war so grauenerregend, dass Johannes den Stein auf einmal in der Hand hatte.

»Räuber?«

Der Stein hatte ein Loch in der Erde hinterlassen, in das er seinen Fuß setzen konnte.

»Räuber?«

Ein Schnaufen, ein Atmen. Gefolgt von Krachen und Reißen.

Was um Himmels willen geschah dort oben?

Johannes warf den Stein in die Tiefe, um beide Hände freizuhaben. Er hörte ihn mehrfach gegen die Wand prallen, aber nicht aufschlagen.

»Räuber?«

Johannes trat einen halben Schritt zurück, setzte den Schuh in das Loch und drückte sich nach oben, bis er die Unterarme auf dem Waldboden hatte und sehen konnte, was sein Hund da veranstaltete.

Als er es sah, wünschte Johannes, er wäre für immer dort unten geblieben. Am ganzen Leib zitternd ließ er sich fallen, kauerte sich an den Rand der Grube.

Was kriegt das Kind zum Patengeld?

Er tastete nach dem Rosenkranz, aber der musste ihm bei dem Sturz aus der Tasche gefallen sein.

Den Himmel und die ganze Welt.

Er hielt Ausschau nach den schimmernden Kugeln. Durchwühlte mit seinen Fingern die Erde und bewegte stumm die bebenden Lippen, bis ihm einfiel, dass er etwas bei sich trug, mit dem er ganz weltlich um Hilfe bitten konnte. Er zog das Handy aus seiner Tasche, wischte den Himmel auf dem Display weg und wählte die Nummer der Polizei.

7

Weißt du noch? Was du mir früher erklärt hast? Am Anfang war fast genauso viel Materie wie Antimaterie. Auf eine Milliarde Antimaterie-Teilchen kamen eine Milliarde und ein Materie-Teilchen. Aber dieses eine Teilchen, dieser kaum messbare Unterschied war der Grund dafür, dass nicht nichts ist, sondern alles. Ein winziges Teilchen, das alle Vorhersagen sprengt. Eine mikroskopische Ungenauigkeit, die dafür verantwortlich ist, dass Chaos im Universum herrscht und nicht Ordnung.

Antimaterie hat dieselben Eigenschaften wie Materie, hast du gesagt. Sie sieht genauso aus, sie wiegt genauso viel, sie riecht und schmeckt genauso. Eine Welt aus Antimaterie wäre das exakte Spiegelbild der materiellen Welt. Nur liefe die Zeit rückwärts, und wenn du auf dein Anti-Ich träfest, auf die Person im Spiegel, würdest du verschwinden, in einer gewaltigen Explosion aus Licht.

Ein einzelner Mensch. Ein einziger Gedanke. Weißt du noch? Als wir ahnten, dass wir dieses Teilchen sein können? Der eine Gedanke, der den Unterschied macht? Der die Welt aus den Angeln heben kann, weißt du noch?

8

Vera schüttelte den Kopf, immer wieder. Sie hatte so etwas noch nie gesehen. Der Waldboden sah aus, als hätte ein sehr zorniges Kind sein Stofftier zerfetzt und die Teile dann in alle Richtungen geworfen.

»Was für ein Tier stellt so etwas an?«, fragte Karlmann und kratzte sich am Kopf.

»Du siehst zu viele Monsterfilme.«

»Hm?«

»Das fragen nur Leute in Monster- oder Katastrophenfilmen. Alles ist verwüstet, überall liegen Leichenteile, und irgendein Trottel kratzt sich am Kopf, sieht sich um und sagt, mein Gott, was für ein Tier stellt so etwas an.«

»Und was antwortet man dem Trottel dann für gewöhnlich?«

»Ein normaler Hai Schrägstrich Wolf jedenfalls nicht.«

»Hm.«

Karlmann tippte mit der Schuhspitze gegen die Pfote an einem der abgerissenen Hinterläufe.

»Wenn dieser Priester wirklich glaubt, ein Tier gesehen zu haben, tippe ich auf einen Braunbären«, sagte er. »Oder den Yeti.«

»Hier gibt es keine Braunbären.«

Vera lehnte sich gegen den Wagen.

»Abgesehen davon: Was für ein Tier zerfetzt seine Beute, ohne sie zu fressen?«

»Wenn sich unser Pfarrer nach seinem Anruf nicht einfach aus dem Staub gemacht hätte, könnten wir ihn genau das fragen.«

Karlmann zog die Brauen hoch, doch Vera schüttelte sofort den Kopf.

»Wenn jemand seinen Hund loswerden will, macht er das anders. Kein Mensch hat so viel Kraft. Das war keine Säge. Außerdem, warum sollte jemand seinen Hund in Stücke reißen und danach die Polizei verständigen?«

Karlmann grinste schief.

»Sagt das dieselbe Frau, die mir jeden Tag predigt, die Welt ist voller Verrückter?«

Vera tippte etwas in ihr Telefon.

»Was tust du da?«

»Ich rufe ihn an.«

Natürlich hatte sie sich die Nummer des Anrufers bereits auf ihr Handy schicken lassen. *Natürlich* hatte sie wie immer an alles gedacht. Karlmann seufzte. Früher hatte er wenigstens seine Erfahrung in die Waagschale werfen können. Doch sie war längst nicht mehr der Grünschnabel, der von ihm lernen konnte.

Die Klingelton-Version eines Liedes, dessen Titel ihm nicht einfiel, irgendwo vor ihnen. Karlmann sah Vera im Dickicht verschwinden.

»Aus welcher Oper ist das noch mal?«

»Keine Oper«, hörte er ihre Stimme. »Kirche. *Tantum ergo*.«

»Hä?«

»Katholische Christen besingen damit das heilige Sakrament. Den Leib Christi.«

»Wusste gar nicht, dass du gläubig bist!«

»Bin ich nicht«, hörte er aus dem Busch. »Ich weiß nur gern Bescheid. Hat mir ein gewisser Hendrik Karlmann beigebracht: Je mehr Informationen du hast, desto besser kannst du einschätzen, wie der Verdächtige denkt und was er vorhat. Nur dann hast du die Chance, ihm einen Schritt voraus zu sein.«

Karlmann konnte sich kaum vorstellen, jemals so etwas gesagt zu haben, aber er fühlte sich geschmeichelt und fragte nicht weiter nach.

»Licht wär gut.«

»Was?«

»Ich brauche Licht!«, kam es aus dem Busch.

Karlmann ging zum Auto, holte die Stablampe und bahnte sich einen Weg durch das Dickicht.

»Vorsicht!«

Er sah Vera am Rand einer Grube, die von außen kaum zu erkennen war. Karlmann schaltete die Lampe an und leuchtete nach unten. In der Grube lag das Handy des Pastors. Daneben führte ein Schacht in die Tiefe.

»Was zum Teufel *ist* das?«

Vera setzte sich an den Rand und sprang nach unten.

»Alles okay?«

Karlmann leuchtete ihr ins Gesicht.

»Gib mir die Lampe.«

Vera beschattete die Augen, stand auf und streckte ihm die Arme entgegen. Karlmann reichte ihr die Lampe. Er sah den Lichtkegel umherfliegen, sich in der Finsternis des Schachts verlieren.

»Und?«

»Wenn das hier nicht so riesig wäre, würde ich sagen, wir sind in einem Mäusebau gelandet.« Sie trat dicht an den Rand und korrigierte: »Einem gigantischen Mäusebau.«

Vera legte sich flach auf den Boden, den Kopf über dem Abgrund.

»Warte mal.«

Ihre Stimme hallte wie vom Grund eines Brunnens. Vera beleuchtete eine Stelle, die er von oben nicht einsehen konnte.

»Hier ist was.«

Karlmann sprang zu ihr in die Höhle und trat neben sie.

Der Lichtkreis hatte etwas Silbriges, Glänzendes erfasst, eine Art Kette. Sie hing an einer Wurzel, die aus den erstaunlich ebenen Wänden ragte.

»Was ist das?«

Vera hielt die Lampe auf die Stelle gerichtet.

»Ein Rosenkranz.«

Karlmann kratzte sich am Kopf. Er wusste, was ein Rosenkranz war, auch wenn er mit Kirche nichts am Hut hatte.

»Heißt das, unser Pastor ist da reingefallen?«

Vera kroch zurück und richtete sich auf.

»Hallo?«, rief Karlmann in den Schacht. »Hallo, ist da jemand?«

Er wartete ein paar Sekunden, aber er hörte nur das Echo seiner eigenen Stimme.

»Wir müssen da runter.«

»Klar«, sagte Vera. »Aber zuerst brauchen wir eine Strickleiter.«

»Glaubst du, da unten ... ist etwas?«

Vera lachte.

»Wie gesagt.«

Sie ließ sich von ihm nach oben helfen und reichte ihm die Hand.

»Du siehst zu viele Monsterfilme.«

Karlmann wollte etwas entgegnen, doch als er wieder neben ihr stand, war sie ganz in die Betrachtung des Schlachtfelds vor ihnen vertieft.

»Dass uns das nicht aufgefallen ist ...«

Sie ließ den Blick umherfliegen, als wollte sie in ihrem Kopf das Puzzle eines Hundes zusammensetzen.

Karlmann wartete. Er wollte nicht wieder nachfragen. Sich nicht erneut zum Idioten machen.

Vera trat nah an den Rumpf heran. Was immer sie entdeckt hatte, schien sie so sehr einzunehmen, dass es ihren Ekel überlagerte.

»Kein Blut«, sagte sie. »Siehst du das? Absolut kein Blut. Nicht eine Spur von in den Boden gesunkener Flüssigkeit. Dabei müsste hier alles voll davon sein.«

Sie hatte recht. Wieder einmal hatte sie natürlich recht, und Karlmann blieb nichts übrig, als zum Wagen zu gehen und die Spurensicherung zu verständigen. Ein zerrissener Hund ohne Blut, ein verschwundener Zeuge und ein Rosenkranz in einem abgründigen Schacht waren nicht nur in ihrer Gegend drei wirklich gute Gründe dafür.

Vera starrte vor sich hin. »Das Wesen braucht Blut, um in dieser Dimension Gestalt annehmen zu können. Um den, der von seinem Weg abgekommen ist, zurück zu seiner wahren Bestimmung ...«

»Jetzt hör aber mal auf!«

Die ganze Zeit hatte er versucht, ruhig zu bleiben und seine Angst vor ihr zu verbergen, doch das ständige Gequatsche von diesem blöden Schulheft gab ihm den Rest. Karlmann wollte raus aus diesem Albtraum. Sofort.

Wie durch einen widerständigen Nebel manövrierte er seinen Körper zum Auto. In Zeitlupe öffnete er die Tür. Es war, als müsste er gegen eine Lähmung ankämpfen, etwas Enges hatte sich um seinen Brustkorb geschlossen, er spürte seinen Herzschlag, bemühte sich, die Kontrolle zu behalten.

Spring an, dachte er, als er es geschafft hatte, seine Finger um den Zündschlüssel zu legen. Bitte spring an.

Er biss die Zähne aufeinander. Vera schlug endlich die Tür zu, er drehte den Schlüssel, sah nicht in den Rückspiegel.

Der Motor sprang an.

»Scheiße!«, schrie er, so laut er konnte.

Gang rein, Gas geben. Nicht zurücksetzen, voller Wendekreis.

Er schrie noch etwas, einfach nur, um zu schreien, es war ihm egal, ob er einen Tatort zerstörte, ob er mit durchdrehenden Reifen über brechende Äste durch einen Wald voller Leichenteile raste, er wollte bloß raus aus diesem Irrsinn, weg von diesem Etwas.

Sein Blick war so eng, dass rechts und links von ihm alles dunkel wurde.

IV

DUNKLE ENERGIE

I

Penelope!«

Rachel öffnete ihre Traumaugen, und dann öffnete sie ihre richtigen Augen.

Manchmal wusste sie während eines Traumes, dass sie träumte, aber wenn sie dann aus dem Traum erwachen wollte und die Augen aufschlug, merkte sie, dass sie nur in der nächsten Traumebene gelandet war. Ihre Traumaugen waren so etwas wie die Blende in eine weitere Schicht unterhalb von dem, was ihre Mutter *das echte Leben* nannte, und *das echte Leben* war ein Ort, an dem sich Rachel ihrer Meinung nach viel zu selten aufhielt.

Ihretwegen waren sie zehn Minuten zu spät am Bahnhof gewesen. Weil sie getrödelt hatte, war ihnen der Zug vor der Nase weggefahren, hatten sie fast eine Stunde auf den nächsten warten müssen. Ihretwegen hatte ihre Mutter minutenlang anklagend ins Gleisbett gestarrt, bis Roland sich bei Rachel eingehakt und ihr in der Bahnhofsbuchhandlung ungefragt drei Jugendmagazine zum Preis von einem gekauft hatte.

»Hör mir wenigstens *zu*, wenn ich mit dir rede!«

»Entschuldige.«

Wenn ihre Mutter Rachels zweiten Vornamen benutzte, war es besser, in der Defensive zu bleiben.

»Entschuldige, was hast du gesagt?«

»Ich sagte, wenn der jetzt auch nur die *allerkleinste* Verspätung hat ...«

Rachel legte ihren Kopf zurück an die Scheibe. Sie wusste, wie der Satz weiterging, und es war ihr egal. Sie saßen um einen Vierertisch im Großraumwagen, die Landschaft zog an ihnen vorbei wie ein Film, Rachel mochte das. Wenn alles in Bewegung war, wurde sie ruhig, im Auge des Sturms konnte sie hinabsinken zu dem Ort, an dem alles still war, an dem sie allein war mit sich und den Bildern in ihr.

Sie war in einem Wald gewesen, das wusste sie noch. Ein Wald mit trockenen Zweigen und Blättern, die wie dünnes Eis unter den Schritten brachen. Mit einem See in der Mitte, an dessen Ufer sie einem ziemlich verwirrten Jungen begegnet war.

Rachel kannte Leute, die in ihren Träumen fliegen konnten. Aber sie flog auch tagsüber. Sie bekam dann große runde Augen, ihre Pupillen wurden weit, und ihr Blick verschwand in der Welt hinter der Welt. Sie ließ nicht ihre Gedanken fliegen, ihre Gedanken ließen sie fliegen. Wenn sie an etwas dachte, erinnerte sie sich nicht, sondern war an einem Ort, den sie riechen, schmecken, fühlen konnte, und in diesem Moment roch sie Waldboden. Den leicht ätherischen Geruch trockener Nadelbäume.

Während ihrer Reisen war sie noch nie jemandem begegnet, Rachel hatte gar nicht gewusst, dass es andere Menschen an Orten wie diesem überhaupt gab. Doch dann war da der Junge gewesen.

Er müsse zu seiner Schwester, hatte er gesagt. Ob sie seine Schwester gesehen habe.

Rachel konnte seine Stimme immer noch hören, sah alles ganz genau vor sich.

»Du darfst nicht in den See blicken«, hatte er gesagt. »Sonst zeigt es sich. Das Dunkle ist in der Spiegelung, und wenn du dich ihm nicht stellst, bleibt es in dir und frisst dich, frisst dich von innen heraus, bis du nichts Lebendiges mehr in dir hast.«

»Du bist wirklich ein ziemlich verwirrter Junge«, hatte sie gesagt. »Aber ich kann dich beruhigen. Es gibt diesen Wald gar nicht. Den Wald nicht und den See nicht und auch keine Dunkelheit. Na ja, und dich gibt es auch nicht. Tut mir leid. Du existierst nur in meiner Fantasie.«

»Der See ändert deine Frequenz. Er zeigt dir Dinge, die du sonst nicht siehst. Das hat mit Fantasie nichts zu tun.«

»Keine Ahnung, wovon du redest. Jedenfalls kommst du nicht aus dem echten Leben. Du bist eine Art Tagtraum.«

»Ach ja?« Er kniff sie in den Arm. »Fühlt sich das an wie ein Traum?«

»Au!«

Über den Tisch hinweg hatte sich ihre Mutter Rachels Handgelenk geschnappt und verdrehte es, bis sie die Zeit von ihrer roten Plastikuhr ablesen konnte. Dann ließ sie den Arm ihrer Tochter fallen wie ein benutztes Kleenex.

Es war nicht so, dass sie selbst keine Uhr gehabt oder nicht auf die Minute genau gewusst hätte, wie spät es war. Sie wollte bloß keine Gelegenheit auslassen, um deutlich zu machen, wessen Schuld das alles war.

»Im Wald verlaufen.«

Sie schüttelte den Kopf.

»Auf was für Ideen du immer kommst. Wo soll der denn bitte gewesen sein, dieser Wald?«

»Es war einfach zu schön draußen«, log Rachel, weil sie wusste, wie wichtig es ihrer Mutter war, dass sie sich an der frischen Luft bewegte.

Roland zwinkerte ihr zu.

»Das ist meine kleine Lady«, sagte er. »Immer mit den Gedanken in den Wolken.«

Wenn er mir jetzt noch über den Kopf streicht, klappt es wieder nicht, dachte Rachel, der dieses idiotische Gezwinkere schon bei ihrer ersten Begegnung auf den Wecker gefallen war. Aber Roland legte bloß einen Arm um sie und sah ihre Mutter an, als hätte er ihr gerade ein erlegtes Tier in die Höhle geschleift.

»Ich bin nicht deine kleine Lady«, sagte Rachel und schüttelte den Arm von ihren Schultern.

»Also wirklich.«

Ihre Mutter klang auf diese übertriebene Art empört, die Rachel nicht an ihr mochte.

»Du kannst froh sein, dass Roland noch so nett zu dir ist. Nach all dem, was du dir heute schon geleistet hast.«

Rachel wühlte in ihrem Rucksack, bis sie das Videospiel zu fassen bekam. Sie hasste es, ständig als Bande herhalten zu müssen, über die sich ihre Mutter und ihr Freund die Bälle zuspielten.

»Wir machen das alles doch nur wegen dir!«

»Deinetwegen«, verbesserte Rachel und klappte das Gerät auf.

Ihre Mutter schloss die Augen. Kurz sah es aus, als würde sie beten.

»Wir erwarten ja nicht mal ein Dankeschön. Aber ein Minimum an Disziplin. Dass du deine Ziele ernst nimmst. Und nicht ständig davon ausgehst, deine Mutter wird schon alles für dich regeln.«

Rachel startete das Spiel. Am liebsten hätte sie ihr gesagt, dass es genau umgekehrt war. Dass sie nicht ihre eigenen Ziele verfolgte, sondern die ihrer Mutter. Dass sie im Grunde nicht das geringste Interesse daran hatte, in einer Puddingwerbung *die mit dem Genießergesicht* zu sein, nur weil ihre Mutter es nie auf die Bühne geschafft hatte. Ihr reichte es schon, einen Namen zu tragen, der wie ein Brandzeichen für ungelebte Träume stand: Rachel Penelope. Wer zur Hölle nannte seine Tochter Rachel Penelope? Niemand, der noch einigermaßen bei Verstand war, so viel stand fest. Der Name war wie ein Fluch, der sie von Geburt an belegte. Weil im Leben ihrer Mutter alles mittelmäßig war. Weil sie ein Reihenhausleben führte, das sie nie gewollt hatte. Und jetzt sollte Rachel das ausbügeln. An ihrer Stelle beklatscht und umjubelt werden.

»Es ist bloß Werbung, Mama«, sagte sie und manövrierte ihre Spielfigur mit den Pfeiltasten durch eine Landschaft aus Pilzen.

»Es ist ein Anfang«, antwortete ihre Mutter und klang dabei wie die Quersumme sämtlicher Vorabendserien.

Rachel war bisher immer bloß Fallback gewesen. Der Ersatz auf Abruf. Sie hatte die gleichen Pflichten wie die eigentlich ausgewählte Darstellerin, sie musste pünktlich und komplett hergerichtet am Set erscheinen, wurde aber nur eingesetzt, wenn die Nummer eins Probleme machte. Fallbacks lebten von der Hoffnung auf verstauchte Füße, plötzliches Fieber, Panikattacken oder ausgeschlagene Zähne. Damit sie aus der zweiten Reihe in die erste rücken konnten.

»Ich spiel mit!«, rief Roland, beugte sich neben Rachel über den Bildschirm und klemmte seine Zunge zwischen die Zahnreihen.

Rachel hätte ihm gern gesagt, wie peinlich sie das fand. Leute, die Probleme mit ihrem Alter hatten, berührten sie unangenehm, aber wenn diese Leute dazu noch einen Zwinker-Tick hatten und nicht das geringste Gespür für einen gewissen Mindestabstand, fühlte sie sich körperlich belästigt.

Sie überließ Roland die Konsole und drückte ihren Kopf gegen die Scheibe, bis die Vibrationen des fahrenden Zuges ihren Schädel in feine Schwingung versetzten.

Irgendetwas an ihr war komisch. Irgendetwas an ihr *musste* komisch sein, sonst hätte sie es wenigstens ein einziges Mal vor die Kamera geschafft. Etwas an ihr schien Regisseure, Agenturen und Unternehmen immer wieder daran zweifeln zu lassen, dass sie die Richtige war, den Verkauf ihrer Produkte anzukurbeln. Als teilte sich ihnen unsichtbar, aber dennoch spürbar ihre Verachtung für all das mit, was Menschen dazu bringen sollte, Dinge zu tun, die sie nicht tun wollten. Pudding in der Geschmacksrichtung Pfirsich-Guarana zu kaufen, zum Beispiel.

Etwas war grundsätzlich falsch an dem, was ihre Mutter *das echte Leben* nannte. Sie wusste nur noch nicht genau, was.

Rachel winkelte die Beine an und schmiegte sich zusammengekrümmt in den Sitz. Sie schloss die Augen und war sofort wieder im Wald. Mit all seinen Schatten, Gerüchen. Mit einem Jungen, den sie noch nie zuvor gesehen hatte.

Und plötzlich fiel ihr etwas ein. Der Junge hatte ihr etwas gegeben. Als Beweis dafür, dass er echt war.

Rachel zwängte eine Hand in ihre Hosentasche. Da. Die Plastikfigur. Ein Astronaut im Raumanzug.

Armstrong stand auf dem winzigen Namensschild an seiner Brust, in mikroskopisch kleinen Buchstaben. Die Figur trug einen Helm, das Visier stand offen, und darunter strahlten sie zwei hellblaue Augen an.

Rachel schloss die Hand um den Raumfahrer und spürte, wie die Figur langsam warm wurde.

»Du bist jetzt mein Glücksbringer«, flüsterte sie in den Tunnel ihrer zur Faust gekrümmten Finger. »Du bringst mich zu meiner ersten großen Rolle.«

2

Das Kitzeln in seiner Hand. Eine Erinnerung, etwas Vertrautes. Eine kurze Irritation, hinter der eine ganze Welt aufblitzte. Ein Leben, das seins hätte sein sollen. Vor dem er zurückgeschreckt war. Der Forscher in ihm hatte ihn verlassen, und statt als erster Mensch die Hand hinter den Vorhang zu stecken, zog sich Tom ein unauffälliges Leben über die Ohren wie ein ängstliches Kind seine Decke. An sein früheres Wesen erinnerten nur noch die Male in seinem Gesicht. Und Momente wie dieser, als die Magnetkarte seine Handinnenfläche streifte und ihn eine ferne Erinnerung anwehte wie Fetzen eines Traumes, flüchtig genug, um für Einbildung gehalten zu werden.

Toms Haut brannte, trotz der Schutzcreme, die er täglich auftrug. Sein größter Makel stand ihm ins Gesicht geschrieben, er hatte sich daran gewöhnt. Nur wenn er unter Leute ging, erinnerten ihn die Blicke der anderen an das, was er seit seiner Rückkehr war.

Er summte ein Lied, dessen Titel ihm nicht einfiel, und spielte mit dem Gedanken, sich auf die Holzbank vor der Agentur zu setzen, aber wenn er noch später käme, überschritte er eine Grenze. Elliot wartete nicht gern. Und Tom konnte Unpünktlichkeit bei sich selbst nicht ertragen. Jede Minute, die er zu spät kam, ließ ihn leiden. Was nichts damit zu tun hatte, dass er besonders höflich oder rücksichtsvoll war. Er wollte anderen nur nichts schuldig sein.

Wieder spürte er den Impuls, wenigstens seinen Schrittrhythmus zu verlangsamen, um die Sonne länger auf seiner Haut zu spüren, Lupus hin oder her, doch dann erlöste ihn ein vertrautes Klackern von der Versuchung.

»Mahl-zeit«, sang Tatjana schräg hinter ihm ein Krämerladen-Ding-Dong.

Sie knallte die Hacken immer zuerst auf, bevor die Sohle auf den Asphalt schlug, ein freundlicher, gutmütiger Rhythmus, der ihn an das Klappern von Hufen denken ließ, das stoische Trotten von Nutztieren.

Noch bevor sie ihn erreicht hatte, roch er ihr Parfüm. Mittlerweile konnte er alle Mitarbeiter seiner Unit mit geschlossenen Augen identifizieren. An ihrer Art zu gehen. Dem Geruch. Jeder, der kam oder ging, zu einer Besprechung wollte oder sich nur einen Kaffee holte, musste an seinem Büro vorbei. Es war ihm wichtig gewesen, genau dieses Büro zu bekommen, an der Schnittstelle sämtlicher Laufwege. Er hatte es bekommen. Seit seinem Aufstieg saß Tom mit dem Rücken zum Fenster. Niemand konnte auf seinen Bildschirm sehen, während er durch die Glastür alles mitbekam, was draußen geschah.

»Schönes Wochenende gehabt?«, fragte er, um nicht dieses dämliche *Mahl-zeit* erwidern zu müssen, ein Wort, das er immer eklig gefunden hatte. Was sollte das auch heißen? Zeit zum Mahlen? Zum Zermahlen der Nahrung mit den Zähnen? Rief man diese Zeit aus, wie ein Glöckner zum Gottesdienst läutete, damit auch bloß alle Bescheid wussten?

Toms Hand lag knapp unterhalb seines Gürtels an der Magnetkarte, die rechts an seinem Bein schaukelte und den Rhythmus seiner Schritte in eine Zirkelbewegung übersetzte. Er ließ Tatjana bis auf halbe Schrittlänge herankommen, dann zog er die Halterung an der distanzelastischen Schnur nach vorn. Wie ein Weitspringer, der seinen Anlauf bis zum Absprungbalken zentimetergenau kennt, wusste er präzise, wie viele Schritte er noch bis zum Magnetkartenleser brauchte, wann er den Arm mit der Karte strecken und damit das Band von der Rolltrommel an seiner Gürtelschlaufe abspulen lassen musste.

Sämtliche Prozesse, die mit seiner Arbeit zusammenhingen, waren ihm so in Fleisch und Blut übergegangen, dass er sich in ihnen vollkommen zu Hause fühlte. Streng genommen bestand sein ganzer Tag nur aus einer Reihung von Ritualen, und selbst diese Viertelkopfdrehung zu Tatjana gehörte dazu, diese angedeutete Zuwendung, mit der er Aufmerksamkeit signalisierte, ohne sie direkt anzusehen. Tom verfügte über ein ganzes Arsenal subtil choreografierter Vermeidungsgesten, die nur dazu dienten, ihn vor der Welt da draußen zu schützen. Der Welt außerhalb seiner selbst.

Tom spürte eine Ingwerfaser, die ihm noch vom Mittagessen zwischen den Backenzähnen steckte. Er bekam sie einfach nicht heraus, mit der Zunge nicht und nicht durch das gleichzeitige Einsaugen der Wangeninnenseite. Schnell drückte er die Karte zum Einchecken gegen den Sensor, Plastik klackte auf Plastik, mit einem elektrischen Dreisprung über die Tonleiter wurde die Türverriegelung aufgehoben.

Er ließ Tatjana den Vortritt. Zum Dank machte sie ein kokettes Geräusch, das ihn an Mäusequieken erinnerte. Dazu vollführte sie einen angedeuteten Hüftschwung.

Sie ging am Aufzug vorbei zur Treppe, sie erzählte von einer Party am Wochenende und nannte Leute, die er nicht kannte, beim Vornamen. Tom blieb auf Zwei-Stufen-Distanz hinter ihr und beobachtete die beruhigenden Bewegungen ihres Hinterns vor seinem Gesicht. Eine Meditation, die ihm fast so etwas wie Frieden schenkte. Die ihn hochtrug bis in den dritten Stock.

Durch weiße, lichtdurchflutete Gänge, vorbei an gläsernen Türen und orangefarbenen Lampen, die in regelmäßigen Abständen die Decken säumten und ihn an die Wärmequellen in Legebatterien erinnerten, gelangte er mit exakt dreiminütiger Verspätung vor Elliots Büro. Drei Minuten waren ideal. Die perfekte Balance zwischen sehr beschäftigt und schon respektlos.

Tom trat ein, ohne zu klopfen.

»Setz dich«, sagte Elliot, der eigentlich Lars-Johannes hieß, aber in der Agentur nannten ihn alle L-J. Nicht wie den Dichter, sondern wie den Drachen: Elliot, das Schmunzelmonster. Dabei gab es nichts an ihm, das an ein Schmunzelmonster erinnerte. Im Gegenteil, Elliot lächelte nie. Aber vermutlich war es gerade das. Vermutlich war das so, wie wenn Leute in Filmen einen Typen mit Glatze Lockenkopf nannten.

»Bin ich zu spät?«, fragte Tom, der nirgendwo einen Stuhl entdeckte.

»Komm her, komm her.«

Elliot winkte ihn neben sich.

»Sieh dir das an!«

Egal, wie viel der Rest der Agentur zu tun hatte, Elliot fand anscheinend immer Zeit, sich Videos seiner Lieblingsbands aus den Achtzigern anzusehen. Tom trat neben ihn und beugte sich vor den Bildschirm, aber es lief kein

Musikvideo, sondern ein Trailer für einen ziemlich trashigen Film über Monster, die auf der dunklen Seite des Mondes lebten und von dort eine Invasion vorbereiteten.

»Ist das nicht geil?«, fragte Elliot und boxte Tom mit voller Kraft gegen die Schulter.

»Klar«, sagte Tom und versuchte, sich die Stelle nicht zu reiben.

Man musste vorsichtig sein, was das anging. Das richtige Maß finden. Elliot war kompliziert. Eine Mogelpackung. Guter Kumpel nach außen, autoritärer Eisblock im Kern. Ging man zu sehr auf sein Buddy-Getue ein oder versuchte ihn an Flapsigkeit sogar zu überbieten, legte sich der Schalter sofort um. Tom hatte das früh erkannt und darauf geachtet, immer die Balance zu halten. Das Spiel mitzuspielen, aber nur innerhalb von Grenzen, in denen Elliot sich nicht angegriffen oder herausgefordert fühlen konnte. Tom gab den lockeren Typen, der trotzdem wusste, wo sein Platz war, und Elliots Autorität nie infrage stellte. Das hatte ihn letztlich dahin gebracht, wo er jetzt war: in sein neues Büro. Als angehender Kreativdirektor.

»Okay.«

Tom lächelte und sah auf seine Uhr.

»Du wolltest mich sprechen?«

Irritiert, wie ein Kind, das zu früh aus dem Spieleparadies abgeholt wurde, blickte Elliot auf, die Augen noch bildschirmverhangen.

»Oh, natürlich, ja …«

Jetzt sah auch er auf die Uhr.

»Wir sind verabredet. Im *Gates*.«

Er klappte seinen Laptop zu und stand auf.

»Du musst mich am Wochenende vertreten. Der Dreh, ich schaff das zeitlich nicht. Hast du schon gegessen?«

Elliot drängte an ihm vorbei, er nahm eine Mütze, die zusammengeknüllt auf einem der Schränke lag, setzte sie auf und machte eine Geste, die Tom den Vortritt lassen und ihn gleichzeitig aus dem Büro befördern sollte.

Erst, als sie zusammen mit Tatjana im Taxi saßen, wurde Tom bewusst, was Elliot eben gesagt hatte: Er sollte den Puddingdreh begleiten. Das ganze Wochenende. Tom vermutete, dass das seine Feuerprobe war. Die ultimative Chance, sich zu bewähren. Sein endgültiges Sprungbrett zur Beförderung. Tom schloss die Augen. Er stellte sich seine neue Visitenkarte vor und spürte zum ersten Mal seit sehr langer Zeit ein Lächeln um seine Mundwinkel.

3

Erst dachte Rachel, dass die Scheiben schmutzig waren, zerkratzt oder beschlagen. Doch als sie nicht mal den Namen des Bahnhofs auf den Schildern lesen konnte, wusste sie, dass das Nebel war.

Nebel, dachte sie. Das Wort passte gut zu dem, was es bezeichnete. Es war majestätisch und alt, hellllicht und geheimnisvoll zugleich. Nebel hieß rückwärts Leben, und im Nebel am Meer zu sein, war ein gutes Omen für das Casting.

Das Kreischen des Zuges auf den Schienen. Das Warten, bis die Türverriegelung aufgehoben wurde. Ihre Mutter vor ihr, eine Hand schon am Hebel, die andere an der Frisur. Und neben ihr Roland, der einen absurden Tanz mit der Konsole vollführte.

»Oh nein! Ich bin winzig klein und schon beim Endgegner!«

Er tänzelte auf der Stelle wie ein Junge, der dringend mal aufs Klo musste, dazu fuchtelte er mit dem Gerät, als könnte er die Bewegungen der Spielfigur durch die Bewegung des Plastikkastens beeinflussen.

»Rachel! Bitte! Hilf mir!«

Ihre Mutter strafte ihn mit einem Mach-dich-nicht-lächerlich-Blick und rüttelte am Entriegelungshebel, kaum dass der Zug stand.

»Das bringt nichts«, sagte Rachel und sah zu, wie der Rucksack, der Roland an nur einem Gurt über der Schulter hing, langsam tiefer rutschte. Seine Spielfigur musste wohl ausweichen, Rolands Oberkörper ruckte nach rechts, der Rucksack fiel in seine Armbeuge und riss die Hand mit dem Spiel darin nach unten.

»Oh nein, ich bin tot!«

Aus halber Hockstellung blickte Roland sie an, den baumelnden Rucksack am Unterarm. Wie ein Hund beim Verrichten der Notdurft, dachte Rachel und drehte sich so, dass er ihr Lachen nicht sah. Mit einem Zischen wurde die Verriegelung aufgehoben. Ihre Mutter legte den Hebel um, die Tür drehte sich nach außen. Rachel wurde empfangen von einer Nebelwelt, die jede Kontur auflöste in Myriaden kleiner Tröpfchen. Das Haar zerweht vom Wind des bereits wieder anfahrenden Zuges, ging sie zwischen wolkigen Schemen. Ein federleichtes Glück, das bis zum Ende des Bahnsteigs hielt, dann hatte Roland sie eingeholt.

»Worum geht's eigentlich in dem Film, den ihr hier dreht?«, fragte er, als ihre Mutter die Taxis erreichte.

»Pudding.«

Rachel öffnete die Beifahrertür und stieg ein.

»Um deine große Chance«, korrigierte ihre Mutter, setzte sich neben Roland auf die Rückbank und kramte in ihrer Handtasche nach dem Zettel mit der Adresse.

»Pudding«, wiederholte Rachel, die das Meer bereits riechen konnte und es irritierend fand, es nicht zu sehen.

Der Fahrer nahm den Zettel, warf einen Blick darauf und schüttelte den Kopf.

»Das ist da vorne.«

Mit dem Zeigefinger beschrieb er einen Bogen.

»Einmal über die kleine Mauer. Strandpromenade. Müsste die Bäckerei sein. Wenn ich Sie dahin fahre, sind wir da, bevor ich den zweiten Gang eingelegt habe.«

Rachel stieg aus und stellte sich auf die Zehenspitzen. Hinter der Mauer zerfloss der Himmel zu einer milchigen Wand. Sie wartete, bis ihre Mutter und Roland neben ihr standen, dann kletterte sie über die Mauer und überquerte die Uferpromenade.

Breite Stufen führten hinab zum Strand. Rachel konnte die Umrisse von Strandkörben erkennen und zwei große runde Lichter, die wie Monsteraugen durch den Nebel glühten.

»Was ist das?«, fragte sie.

»Scheinwerfer.«

Roland deutete nach rechts, wo zwei Männer schwere Eisenstangen aus einem LKW trugen. *StarLights* stand auf der Plane. Und darunter: *Movie Equipment*.

»Na dann ... willkommen im Puddingland«, sagte Rachel und stieg die Stufen runter in den Nebel, den Scheinwerferaugen entgegen.

4

Das *Gates* sah aus wie immer. Es sah von außen aus wie immer, und es sah von innen aus wie immer. Sie saßen an dem Tisch, an dem sie immer saßen, und blickten in die ewig gleichen Gesichter.

»Alles wird dunkler.«

Tom rieb sich die Augen.

»Ich habe das Gefühl, das Licht hier drin wird immer weniger.«

Niemand antwortete. Tom wusste plötzlich selbst nicht mehr, ob er das wirklich gesagt hatte. Der Satz war auf einmal in seinem Kopf gewesen, aber er passte so wenig zu ihm und der Situation, dass die anderen sicher glaubten, sich verhört zu haben. Er schüttelte den Kopf, wie um einen Traum zu verscheuchen, und sah in die Runde. Tatjana saß ihm gegenüber, das Gesicht hinter der Mittagskarte. Sie bestellte immer dasselbe, kambodschanisches Chili-Huhn, las aber jedes Mal die komplette Karte von oben bis unten. Neben ihr saß Holger Dietrich, und Holger Dietrich war der Grund, warum Tom an diesem Tag zum zweiten Mal mittagessen musste. Er war der Grund, warum Elliot auch Tatjana mitgenommen hatte, obwohl ihre Anwesenheit nicht zwingend erforderlich war. Zwar arbeitete sie auch für den Puddingkunden, ihre Aufgabe bei diesem Treffen bestand aber wohl vor allem darin, neben Holger Dietrich zu sitzen, gut auszusehen und hin und wieder mal zu lächeln.

Tom fiel auf, dass sie irgendwas mit ihren Haaren gemacht hatte, aber er kam beim besten Willen nicht drauf, was.

»Schon gewählt?«

Holger Dietrich blinzelte ihn aus seinen blitzgescheiten braunen Augen an, und wie immer wusste Tom nicht, ob er einfach nur freundlich war oder ob er sich über ihn lustig machte.

Holger Dietrich war für den Bereich strategische Unternehmenskommunikation etwa das, was Jesus Christus für die katholische Kirche war. Er wurde immer dann gerufen, wenn etwas Wichtiges auf dem Spiel stand. Und der Etat des Puddingkunden war etwas Wichtiges. Ohne den Puddingkunden, das wurde Elliot nicht müde zu wiederholen, konnten sie den Laden gleich dichtmachen.

Der Puddingkunde verdiente sein Geld damit, Pulver in heißes Wasser zu rühren, in Förmchen zu füllen, zu verschließen und zu verkaufen. Die Agentur verdiente ihr Geld damit, auf die Förmchen zu schreiben, dass das Pudding ist, und den Eindruck zu erwecken, dass der Pudding gut schmeckt. Das meiste Geld aber verdiente sie mit der Welt um den Pudding herum. Es war eine Welt, in der ausschließlich Menschen lebten, die sich gut verstanden und einander respektierten. Eine Welt, die man automatisch betrat, sobald man den Pudding aß, und wenn Holger Dietrich der Landschaftsarchitekt dieser Welt war, kümmerte sich Tatjana um die Innenausstattung und Tom um die Leute, die darin wohnten. Er kümmerte sich um das, was sie zueinander sagten, wie sie sich verhielten und was mit ihnen geschah.

Bisher war alles immer gut gelaufen. Der Puddingkunde war zufrieden mit den Zahlen und der Arbeit der Agentur, aber jetzt stand eine Produktneueinführung an, die *sehr hoch aufgehängt* war – was bedeutete, dass nicht etwa der Geschmack des Puddings für einen etwaigen Misserfolg verantwortlich gemacht werden würde, sondern die Agentur.

Es ging um ein innovatives Doppelkammer-Dessert, gekochter Vanillepudding mit Pfirsich-Guarana-Zubereitung, eine perfekte Symbiose aus Tradition und Moderne, hatte der Produktmanager gesagt, und der Marketingleiter hatte sogar von der Vereinigung des männlichen Prinzips mit dem weiblichen gesprochen, von Adam und Eva, Kopf und Bauch, Yin und Yang, ja, vom Akt der Schöpfung selbst, und da hatte Tom begriffen, dass der Puddingkunde wirklich sehr viel Wert auf den Erfolg des neuen Produkts legte.

Tom verbrachte mehr Zeit als sonst damit, sich auszudenken, welche Leute aus der Puddingwelt was zueinander sagen sollten, um Lust auf das neue Dessert zu machen. Das war eine echte Herausforderung, weil es in der Puddingwelt mehr Dinge gab, die es nicht geben durfte, als solche, die erlaubt waren. Rothaarige Kinder zum Beispiel. Rote Haare waren für den Puddingkunden ein genetischer Defekt, genau wie Leute mit dunkler Hautfarbe. Der Puddingkunde hatte Angst vor Leuten mit dunkler Hautfarbe, und als einmal im Hintergrund eines Fotos für eine Puddinganzeige eine Frau mit dunkler Hautfarbe zu erkennen gewesen war, musste die Frau entfernt werden. *Montage in der Post*, hatte Tatjana neben das Foto geschrieben und ein dickes Minus über das Gesicht gemacht.

Die Anzeigen für den Puddingkunden wurden oft in Südafrika fotografiert, weil dort immer die Sonne schien und weil Kapstadt auf demselben Längengrad lag wie die Stadt, in der Toms Agentur war. Das Team konnte also immer mit der Agentur telefonieren und sich abstimmen, es gab keine Zeitverschiebung und keinen Jetlag, dafür aber zahlreiche Menschen mit dunkler Hautfarbe.

Montage in der Post, schrieb Tatjana immer, wenn durch Zufall etwas in die Puddingwelt geraten war, das dort nicht hingehörte. Oder wenn der Kunde etwas entdeckte, vor dem er Angst hatte. Zum Beispiel Gras.

Als einmal Kinder draußen in der Natur Pudding essen sollten, war es zwar gut, dass sie draußen waren, weil Kinder an die frische Luft gehörten und nicht vor den Bildschirm, aber so richtig wild und unbeaufsichtigt durfte es auch nicht zugehen. Deswegen sollte die Agentur aus der wilden Wiese eine Rasenfläche machen, die aussah, als würde sich wenigstens von Zeit zu Zeit jemand darum kümmern. Kein Spießer, der Grashalme mit der Nagelschere nachschnitt, natürlich. Spießer waren dem Puddingkunden auch suspekt, wegen des manischen Anteils. Wer einen Rasen millimetergenau schnitt, tötete auch kleine Kinder, da gab es für den Puddingkunden gar keine Diskussion, und solchen Leuten eine Bühne zu bieten konnte nicht im Interesse eines international operierenden Puddingunternehmens sein. Ein gepflegter Rasen, ja, aber bitte schön geschnitten von jemandem, dem Rasenpflege keine Ersatzreligion war. Dazu ein paar Häuser im Hintergrund. Eine Doppelhaushälftenzeile. Nicht zu nah an der Wiese, die Kinder sollten ja immer noch unter sich sein. Nur eben nicht ganz unbeaufsichtigt. Mit einem theoretischen Elternteil, irgendwo hinter einem der Fenster. *Gefühlte zivilisatorische Nähe*, hatte der Puddingkunde das genannt. Mittelwilde Kinder auf einigermaßen gepflegter Rasenfläche vor Häuserzeile am Horizont in mittlerer Entfernung.

Montage in der Post, hatte Tatjana noch während des Termins auf eine Haftnotiz geschrieben und ein paar Doppelhaushälften dazu gezeichnet.

Montage in der Post, hatte Tom in einem Moment der Unaufmerksamkeit automatisch auf Deutsch gelesen, bevor die Wendung wie ein Vexierbild ins Englische geflippt war, doch am Kipppunkt zwischen den Sprachen hatte ihn die spröde Poesie von Montagen in der Post ergriffen und etwas wie Sehnsucht in ihm ausgelöst, Sehnsucht nach was, hatte er sofort gedacht, nach Briefkästen?

Ein Ort, der um eine Reihe von Briefkästen gebaut ist. Einer davon für ausgehende Post, von Rachel für den Rest der Welt. Stell dir das mal vor.

Um die Erinnerung zu ersticken, hatte er schnell etwas gesagt, nämlich dass Doppelhaushälfte schon ein komisches Wort sei, weil es etwas bezeichne, das sich erst verdoppele und dann halbiere, sich also gewissermaßen selbst vernichte, es sei wie Materie und Antimaterie, wie Wände aufbauen und gleichzeitig einreißen, wie ...

»... denkst *du* denn darüber, Tom?«

Tatjana sah ihn mit demselben irritierten Blick an wie damals, und Tom wollte gerade etwas Kluges sagen, als er merkte, dass er das Gespräch längst verloren hatte.

Das liegt am Essen, dachte er. Das liegt daran, dass ich zum zweiten Mal hintereinander im *Gates* sitze und mittagessen muss, obwohl ich noch müde bin vom ersten Essen.

Mit der Zungenspitze strich Tom an der Ingwerfaser zwischen seinen Zähnen entlang. Reiß dich zusammen, dachte er. Konzentrier dich. Es geht hier um deine Zukunft.

»Du hast so gelächelt«, sagte Tatjana. »Da hat mich schon interessiert, was in dir vorgeht.«

»Ob du vielleicht noch eine zusätzliche Idee für die Umsetzung hast«, setzte Elliot nach, der sich wie immer in ein Riesenarschloch verwandelte, sobald es ums Geschäft ging.

Holger Dietrich betrachtete die Narben in Toms Gesicht, als sähe er sie zum ersten Mal.

»Na ja.«

Tom räusperte sich.

»Ich denke, dass eine strategische Neuausrichtung in diesem Segment auch eine ... ganz und gar außergewöhnliche Umsetzung erfordert.«

Er spürte Elliots Blick von der Seite. Ein plötzlich aufmerksames Schweigen, das sich eng um ihn zusammenzog.

Elliot legte die Fingerspitzen beider Hände aneinander.

»Und das bedeutet?«

Tom sah den Kellner auf ihren Tisch zusteuern. Im *Gates* trugen alle Angestellten Schildchen mit ihren Vornamen. Die Kellner im *Gates* hießen Sascha, Nora, Sven und Luna. Obwohl Sven ihn vorhin schon bedient hatte, schien der sich nicht mehr daran zu erinnern. Er stand neben dem Tisch, tippte auf sein Bestell-Pad und lächelte auf diese halbironische Art, die wahrscheinlich souverän sein sollte, in Wahrheit aber nur dümmlich wirkte.

»Licht«, sagte Tom.

»Mahlzeit, die Herrschaften«, sang Sven und zwinkerte Elliot zu, der ihn vollkommen ignorierte.

»Licht?«

Tom machte eine Moment-noch-Geste in Svens Richtung.

»Ein Haus aus Licht«, sagte er.

Daran hätten sie eine Weile zu kauen. Wertvolle Sekunden, in denen er sich überlegen konnte, was er damit gemeint hatte.

Tom nickte vielsagend, setzte sich kerzengerade hin und bestellte zum zweiten Mal an diesem Tag Nummer 117 mit viel Ingwer.

Ein Haus aus Licht. Hätte er nicht etwas anderes sagen können? Wie kam er bloß auf diesen Unsinn?

Während die anderen bestellten, stand er auf und ging in Richtung Toilette.

5

Rachel mochte den Regisseur nicht, das wusste sie sofort. Er hatte eine große, knubbelige Nase und Teddybäraugen, er hockte sich vor sie, wie man sich vor kleine Kinder hockt, um ihnen auf Augenhöhe zu begegnen. Dabei saß sie auf einem Stuhl und war in Wahrheit vermutlich größer als er.

»Und du bist also die Rachel«, sagte er.

Der Regisseur sprach langsam und deutlich. Er betonte jede Silbe, als hätte sie Schwierigkeiten, seine Sprache zu verstehen. Die Sprache der Erwachsenen.

»Ich bin der Ron«, sagte er. »Hi.«

Er hielt die flache Hand senkrecht neben seinen Kopf. Vermutlich wollte er, dass sie ihn abklatschte.

»Tag«, sagte Rachel und ließ ihre Hände, wo sie waren.

Leute, die einen bestimmten Artikel vor Namen setzten, wollte sie nicht anfassen. Besonders nicht, wenn diese Leute Ronald oder Ronny hießen und sich Ron nannten.

»Toll, dass du da bist, Rachel. Cooler Name übrigens, Rachel Penelope ...«

Sie hielt Ausschau nach ihrer Mutter, aber die stand glücklicherweise mit Roland außer Hörweite vor dem Tablett mit den Schnittchen. Die Filmproduktion hatte ein kleines Büfett aufgebaut, für alle, die zum Recall noch einmal antreten mussten. Ein langer Biertisch mit Papierdecke, ein Tablett mit halbierten Kuchenteilchen, eines mit Sandwiches. Dazu mehrere Reihen Fruchtsaft-Fläschchen.

»Okay, Rachel.« Der Regisseur legte beide Hände auf ihre Knie und drückte sich von ihren Beinen hoch in den

Stand. »Ihr habt euch sicher gefragt, warum ihr zum Recall so weit fahren musstet.«

Er wandte sich um und bedeutete Rachel, ihm zu folgen. Als sie neben ihm war, legte er eine Hand an ihre Schulter und dirigierte sie weiter.

»Das liegt daran, dass der Kunde alles möglichst echt haben will.«

Er stellte sich an die Glasfront und machte eine Bewegung aufs Meer hinaus.

»Das Licht«, sagte er. »Dem Kunden ist es wichtig, dass einfach alles stimmt. Dazu gehört natürlich auch, dass er seine möglichen Hauptdarsteller in einer Umgebung beurteilen will, die dem fertigen Bild schon recht nahe kommt. Verstehst du?«

»Ich bin ja kein Idiot«, sagte Rachel, die bereits jetzt kaum mehr Zweifel daran hatte, auch diese Rolle längst verspielt zu haben.

»Gut«, sagte Ron. »Gut.«

Er nickte und sah zu Boden.

»Das ist ein großer Auftrag. Eine Neueinführung. Viel Aufwand, verstehst du?«

»Ja«, sagte Rachel. »Viel Geld. Verstehe.«

Die Filmproduktion hatte die ganze Bäckerei samt Wintergarten gemietet und zum Sperrgebiet erklärt. Überall standen Stative, waren provisorische Garderoben errichtet, steckten oder klebten Leute mit Nadelkissen und Klebebandrollen an Armen oder Gürteln etwas ab. Rachel kam sich vor wie im Umkleideraum einer Modenschau. Um sie herum rannten und redeten alle durcheinander, während sie sich danach sehnte, jenseits der Glasscheibe am Meer zu stehen, da, wo nichts mehr zu erkennen war, wo der Nebel alles verschluckte und Wellen unsichtbar an Land schlugen.

»Was ist das da draußen?« Sie deutete auf den Schattenriss eines Krans, der sich langsam durch den Dunst drehte wie ein Urvieh, etwas Großes, Schaukelndes in seinem Maul. »Gehört das dazu?«

Der Regisseur nickte, hielt eine Hand an sein linkes Ohr, krümmte sich und sprach eine Zeit lang in sein Headset.

»Entschuldige«, sagte er, ihr wieder zugewandt. »Langsam werden hier alle verrückt.«

Dann blickte er zu dem Kran, als hätte er das Vieh persönlich erschaffen.

»Ja«, sagte er. »Das gehört dazu. Wir bauen hier einen Supermarkt. Nur für den Spot.«

»Was?!«

Der Regisseur zuckte mit den Schultern.

»Das Licht. Wie gesagt, dem Kunden ist es wichtig, dass jedes Detail perfekt ist. Alle versprechen sich viel von der Einführung des neuen Produktes, und in Zusammenarbeit mit der Werbeagentur entwickeln wir ...«

»Pudding«, unterbrach ihn Rachel.

Der Regisseur sah sie verdutzt an. Als hätte er in dieser Sekunde erst begriffen, dass er nicht mit einem Kind sprach, sondern mit einer Dreizehnjährigen, die anderen Dreizehnjährigen um Lichtjahre voraus war.

»Ja«, sagte er und schüttelte lachend den Kopf. »Pudding.«

Rachel legte eine Hand an die Scheibe. Und plötzlich wollte sie die Rolle. Plötzlich wollte sie unbedingt in einem extra für sie gebauten Supermarkt am Meer stehen und Pudding essen.

»Wann bin ich dran?«, fragte sie.

Der Regisseur lächelte.

»Wann immer du bereit bist, Rachel.«

Er deutete in den Nebenraum, ein Zimmer mit großer Fensterfront, in dem ein Stativ mit Kamera stand. Hinter der Kamera saß ein Typ im Parka auf einem Hocker, vor der Kamera stand ein Mädchen in Rachels Alter mit dem Rücken zur Glasscheibe und löffelte etwas Gelbliches aus einem Becher. Sie machte ein Genießergesicht, zog den Löffel langsam aus ihrem Mund, schloss die Augen und sagte etwas, das Rachel nicht verstand.

Ron sah Rachel von oben bis unten an.

»Vielleicht kannst du sogar so bleiben.«

Er kniff die Augen zusammen.

»Fänd ich gar nicht mal schlecht. So 'n bisschen Pippi Langstrumpf, bisschen Alice im Wunderland ...«

Er warf einen Blick zu dem Typen im Parka, der gerade das andere Mädchen verabschiedete.

»Was meinst du?«, rief er dem Kameramann zu. »Kann die Lady hier so bleiben?«

Ron drehte Rachel mit beiden Händen an den Schultern herum und präsentierte sie mit einer Voilà-Geste.

Der Kameramann nickte und reckte den Daumen nach oben.

»Na dann.«

Der Regisseur gab ihr einen Klaps an die Schulter und zwinkerte ihr zu.

»Entführe uns in ganz neue Dimensionen des Genusses.«

6

Einer der wenigen Gründe, warum Tom das *Gates* mochte, waren die Toiletten. Auf den Toiletten des *Gates* fühlte man sich nicht wie in einer Bedürfnisanstalt, sondern wie in einem Spa. Wände und Decke waren aus schwarzem Marmor, die Armaturen aus Gold, der Boden war mit weißem Teppich ausgelegt. Statt Papierhandtuchspendern gab es flauschweiche Frottiertücher, die sorgsam gefaltet und geschichtet in einem Bambusregal lagen. Aus den Surround-Lautsprechern kam Regenwald-Vogelgezwitscher, es roch nach exotischen Früchten, überall wuchsen Orchideen.

Das Unglaublichste aber war die Wand, an der normalerweise die Urinale hingen: Im *Gates* gab es keine Porzellanbecken mit Plastikgittern und Duftsteinen, sondern eine erleuchtete Wasserwand, die vom Boden bis zur Decke reichte. Die ganze Wand schien komplett aus Wasser zu bestehen, einem Wasserfall aus Licht, hinter dem ein geheimes Zauberreich lag. In Wahrheit war das natürlich nur eine Plexiglasscheibe, die von der Seite angestrahlt wurde und über die Leitungswasser aus vielen kleinen Düsen lief, aber die Illusion eines exotischen Paradieses funktionierte perfekt und vermittelte ein Gefühl von Reinheit, von Einssein mit der Natur.

Dieser Toilette, das wusste Tom plötzlich, hatte er den Einfall mit dem Haus aus Licht zu verdanken. Seiner vor Nervosität übervollen Blase und den Gedanken daran, sie zu leeren.

Ein Haus aus Licht.

Sie würden eine Erklärung erwarten, wenn er zurück an den Tisch käme.

Tom drehte die goldenen Wasserhähne auf und betrachtete sein Gesicht im Spiegel. Die dunklen Narben fielen ihm nur noch auf, wenn jemand sie so offensichtlich beachtete wie Holger Dietrich eben bei Tisch. Tatjana hatte mal gesagt, sie verliehen ihm etwas Geheimnisvolles, und es gab sogar Momente, in denen Tom stolz darauf war. Seine *Abwesenheit*, so hatten ihm die Ärzte das erklärt, sei in Wahrheit ein epileptischer Anfall gewesen. Was er damals erlebt zu haben glaubte, habe er sich im Fieberwahn zurechtfantasiert, jedenfalls sei er ganz sicher in keinem Dschungel gewesen.

Niemand konnte ihm sagen, ob und wann der Lupus wieder zuschlagen würde. Der Wolf sei in ihm, er fresse körpereigene Bausteine der Erbsubstanz, die Krankheit sei wandlungsfähig wie ein Chamäleon und vollkommen unberechenbar.

Tom regulierte die Mischung aus heißem und kaltem Wasser, bis sie die richtige Temperatur hatte, warf sich etwas davon ins Gesicht und befühlte die Narben. Ein Wolfsbiss, dachte er, mitten im Gesicht. Wer hatte das schon?

Er trocknete seine Hände und schloss als Reaktion auf die wirklich unglaubliche Flauschigkeit des Frottiertuchs die Augen, überließ sich ganz dem Gefühl, etwas Besonderes zu sein. Ein Privilegierter, der die Wahrnehmung dessen mitgestaltete, was die meisten Menschen für die Wirklichkeit hielten.

Er öffnete die Augen und sah etwas. Hinter sich, im Spiegel.

Tom drehte sich um. Aber da war nichts. Was er für eine Gestalt gehalten hatte, musste ein Zusammenspiel aus Lichtbrechung und Wasserbewegung gewesen sein.

Er blickte wieder in den Spiegel und sah es erneut. Ein Huschen, wie von einem Tier, flüchtig genug, um für Einbildung gehalten zu werden. Tom ging zur Scheibe. Trat nah an das Wasser. Da war nichts. Natürlich war da nichts. Er sah von der Seite hinter die Konstruktion und entdeckte auch dort nichts Ungewöhnliches.

Tom knüllte das Handtuch zusammen, warf es in den Korb und ging zurück ins Restaurant.

Als er wieder am Tisch saß, nahm niemand Notiz von ihm. Holger Dietrich erklärte gerade etwas, und wenn Holger Dietrich etwas erklärte, war man immer ganz gebannt, denn Holger Dietrich konnte komplexe Zusammenhänge so anschaulich darstellen, dass jeder sie begriff. Er bediente sich einer klaren, bildhaften Sprache, die ohne ein einziges Werber-Wort auskam, und Tom hoffte, dass ihm der Vortrag etwas Bedenkzeit verschaffen würde.

Ein Haus aus Licht. Damit sie es schön hat, wenn sie aufwacht. Weißt du noch?

Holger Dietrich schien mit seinen Händen etwas zu bauen, während er redete. Er setzte unsichtbare Elemente übereinander und lächelte auf eine pfiffige, irgendwie scharf gezirkelte Art, als er das Wesen eines gewandelten Puddingmarketings erläuterte und dann etwas auf die Rückseite der Mittagskarte zeichnete. Als er fertig war, drehte er die Zeichnung so, dass alle sie erkennen konnten, er tippte mit der Spitze seines Bleistifts darauf und schrieb in unglaublicher Geschwindigkeit etwas darüber. Er malte jeden Buchstaben als Umriss über Kopf, er leistete sich nicht den kleinsten Fehler, und das Ergebnis war perfekt: Holger Dietrich hatte ein Pferd gezeichnet, das aus Brettern gebaut war, und die Buchstabenfolge darüber sah aus wie eine Leuchtschrift in Las Vegas.

Strategie 1 – Das Trojanische Pferd, stand da.

Holger Dietrich ist einfach zu viel für mich, dachte Tom, aber dann sah er etwas, das er erst nicht glauben konnte. Tom schien der Einzige zu sein, der es bemerkte, die anderen waren vermutlich zu abgelenkt von dem Essen, das Sven ihnen gerade vorsetzte, und auch Holger Dietrich bekam davon nichts mit, weil es augenscheinlich auf einer Wahrnehmungsebene parallel zu seinem Wachbewusstsein passierte, aber Holger Dietrich, der blitzgescheite, jungenhafte Marketing-Guru, sprach in seinem anbetungswürdig urbanen New-Economy-Outfit über die Möglichkeiten, den Erfolg des Puddingkunden auch international zu maximieren, und popelte. Nicht auf die schnelle, verschämte Art von Leuten, die wissen, was sie tun, und es möglichst unauffällig hinter sich bringen wollen, sondern langsam, intensiv und offensichtlich, als sei das eine konzentrationsfördernde Maßnahme.

Es war ein Glücksfall, dass Tom das mitbekam, ein Glücksfall, dass er schon gegessen und also keinen Hunger mehr hatte, sonst hätte ihn die Ankunft der Mittagsgerichte vermutlich ebenso abgelenkt wie Elliot und Tatjana. So aber sah er deutlich, wie Holger Dietrich, eine fulminante Schlussfolgerung formulierend, erst die Spitze seines Zeigefingers betrachtete und dann den Popel in den Mund steckte und aß.

Tom wusste nicht, was genau den entscheidenden Impuls gab. Ob Holger Dietrichs jähe Entzauberung die Hemmschwelle gegenüber möglicherweise peinlichen Äußerungen seinerseits derart herabsetzte, dass er gewissermaßen im Windschatten dieses überraschend widerwärtigen Verhaltens den Mut fasste, selbst mit einer gewagten These voranzuschreiten. Ob er einfach drauflosreden musste, um dem Kitzel zu widerstehen, laut loszulachen. Oder ob er aufgrund der Tatsache, dass er früher oder später sowieso gezwungen wäre, sein bisher nur lässig zwischen Essensbestellung und Toilettenbesuch hingeworfenes Ideenversprechen einzulösen, besser jetzt damit anfing, als später, wenn er dazu aufgefordert und voller Erwartung angesehen werden würde. Jedenfalls musste Tom die unerwartete Schwäche seines Gegners nutzen und im Gesprächsvakuum nach dessen Vortrag, in der strategisch günstigen Lücke zwischen Darbietung und Applaus, zum Angriff übergehen.

Er zersägte das Fleisch auf seinem Teller und begann, zunächst beiläufig, zu plaudern. Eine sanfte Ouvertüre, eine kalkuliert plätschernde Einleitung, die nur scheinbar auf Holger Dietrichs Ausführungen einging und keinerlei Erwartung wecken durfte, damit er am Ende umso strahlender dastünde.

Weil Tom selbst noch nicht genau wusste, worauf seine Rede hinauslaufen würde, reihte er, während er überlegte, Belanglosigkeiten an Plattitüden, verformte, um Zeit zu gewinnen, seine Sätze mit rhetorischen Fingerübungen, drechselte hier an einer Verzierung, addierte dort ein überraschendes Element. Tom spürte die Anwesenheit seiner

Idee als etwas Großes, das nur darauf wartete, die Oberfläche seines Bewusstseins zu durchbrechen. Aber bis es so weit war, musste er Zeit gewinnen. Also schwadronierte er von Verführung durch Verheißung. Von sinnlichem Erleben. Er kaute faseriges Fleisch und spürte den Ingwer an der Zunge brennen. Er sprach von einer Visualisierung des Geschmackserlebnisses. Einer Metamorphose der Gegenwart.

Nach und nach wurde seine Idee manifest. Und dann verwandelte sie sich in ein Bild: Mit dem Einführen des Löffels in den Mund würde sich der gesamte Supermarkt verwandeln. Würden Wände, Decke und Boden transparent, dass man Himmel, Strand und Meer sähe. Ein buchstäblich bewusstseinserweiternder Genuss würde so zu einer Offenbarung und auf vollkommen ungesehene Art konkret erlebbar.

Tom kam in Fahrt. Seine Idee schien ihm plötzlich nicht nur schlüssig hergeleitet, sondern in jeder Hinsicht zwingend. Er beugte sich vor, sah in die Runde und modulierte seine Stimme zu einem bedeutsam raunenden Tremolo.

Warum denn nicht das ohnehin unverhältnismäßig teure Set effizienter nutzen? Warum nur am Meer drehen, weil dem Kunden das Licht dort besser gefiel? Warum das ganze Team an den Strand karren, nur weil die Stimmung dort angeblich gelöster, der Wind natürlicher war? Kurz: Warum nicht aus der Not eine Tugend machen und die skurrile Location auch inhaltlich ins Zentrum der Inszenierung rücken? Warum nicht – und jetzt, endlich, ließ er die Katze aus dem Sack – den Supermarkt in einen lichten, einen durchlässigen Ort im Wortsinne verwandeln, an dem sich Geschmack auf bisher ungesehene Weise darstelle, ja, an dem Genuss geradezu körperliche Erfahrung werde?

Ein paar Sekunden lang herrschte Stille.

Tom blickte reihum in die Gesichter.

Holger Dietrich zerdrückte mit seiner Gabel eine Kartoffel.

Sieg, dachte Tom.

Elliot breitete langsam die Serviette über seinen Schoß, und irgendwas an dieser Geste sagte Tom, dass er gerade das nächste Level erreicht hatte.

7

Noch ein Stück hier rüber!«

Vera hockte in der Grube am Rand des Loches und dirigierte Karlmann so, dass der Scheinwerfer die Wände möglichst weit nach unten hin ausleuchtete.

»Halt ... bleib so.«

Neben dem Scheinwerfer hatten sie mehrere Seile, einen Klappspaten und eine extra lange Rettungsleiter mitgenommen, dazu hatte er seine Dienstwaffe und ein Messer dabei, aber gegen die Bilder in seinem Kopf half das nicht.

Er setzte das Stativ ab und sah sich um. Der Wald lag vollkommen still.

»Hendrik!«

Karlmann trat an den Rand der Grube.

»Sieh dir das an!«

Sie winkte ihn zu sich, blinzelte ins Licht und beschirmte sofort die Augen. Schwaden von Dunst zogen durch den Scheinwerferstrahl. Vera sah aus wie ein geblendetes Reh, und Karlmann wusste nicht, ob es eine gute Idee war, sich in dieser Höhle, in der vielleicht etwas lebte, das Hunde zerfetzte und deren Blut trank, derart in Szene zu setzen.

»Wenn du dich der Bestie zum Fraß vorwerfen willst, bitte. Aber sobald ich auch noch da unten bin, sitzen wir beide in der Falle. Einer von uns muss hierbleiben und den Überblick behalten.«

Vera rollte die Rettungsleiter in die Tiefe und begann mit dem Abstieg.

»Warte!«, rief er. »Was hast du da unten denn gesehen?«

Sie verschwand aus dem Licht, und bevor die Finsternis sie ganz verschluckt hatte, glaubte Karlmann ein gemurmeltes »Feigling« zu hören. Aber das musste er sich einbilden.

8

Als das Telefon schnarrte, war Tom gerade dabei, das Schutzpapier von der Arbeitsfläche seines neuen Schreibtisches zu ziehen. Es war schon spät, außer ihm war niemand mehr in der Agentur, er mochte das. In der Ruhe nach der allgemeinen Hektik konnte er sich besser konzentrieren, die Gänge waren leer, die Schreibtische verwaist, keine Stimmen waren zu hören.

Er atmete den Geruch des Tropenholzes. Ein kindliches Glück, eine Aufregung wie damals, als er mit seinem Vater das erste Modellflugzeug zusammengebaut hatte und nicht sicher war, ob es fliegen konnte. Das Knistern der Folie über seinem Sessel, ein verheißungsvolles Wispern, das mit jeder Bewegung den Raum erfüllte. Das Rascheln und Zischeln, sobald er über das Verpackungsmaterial am Boden rollte. Um ihn herum war alles neu. Der Raum, die Einrichtung, sogar das Telefon, dessen unangenehmes Schnarren Tom hatte zusammenfahren lassen, ein schwachbrüstiger, asthmatischer Ton, den er so schnell wie möglich ändern lassen musste.

Das Display zeigte einen externen Anruf, die Nummer kannte er nicht. Tom schloss die Augen und atmete tief ein. Durch die Folie konnte er das Leder seines neuen Sessels schon riechen, zusammen mit der frischen Farbe an den Wänden und dem Bohrstaubschleier in der Luft eine elektrisierende Mischung. Der Geruch des Aufbruchs. Des Aufbruchs in eine neue Dimension.

Tom drückte seinen Rücken gegen die Lehne, um auszuprobieren, wie viel Spiel nach hinten er noch hatte.

Ein Haus aus Licht.

Er verschränkte die Hände im Nacken.

Nach dem fünften Schnarren hob er ab. Wer es fünfmal klingeln ließ, war ein wichtiger und sehr beschäftigter Mensch. Wer es *um diese Zeit* fünfmal klingeln ließ, war ein Gott.

Ungehalten, als hätte man ihn wegen einer Lappalie aus einer Konferenz geholt, kläffte Tom seinen Nachnamen in den Hörer. Er klang wie ein Schuldspruch.

»Heeey! Hier ist der Ron!«

Tom durchlief ein Schauer. Er wollte dem Idioten am anderen Ende gerade sagen, dass er sich verwählt hatte, als der ungebremst weitersprach.

»Du, ich ruf an wegen dem Dreh am Wochenende. Der Lars hat mir erzählt, wir beide machen das zusammen, richtig?«

»Ja, na ja, wir ...«

»Du, find ich super. Und die Sache mit dem Glas, das war deine Idee, oder? Der gläserne Supermarkt?«

»Tja, eigentlich ...«

»Hammer, echt. Macht das Ganze natürlich ne Ecke teurer, und zeitlich wird das jetzt auch ziemlich knackig, aber ich denke, das addiert noch mal so den Extra-Kick. Und John, also, der macht die Kamera bei mir, der findet's auch richtig geil. Wenn ihr das nur mit den Kosten bald klären könntet ...«

»Bin ich dran«, hakte Tom ein. »Morgen früh hab ich die Freigabe.«

»Superklasse. Du, speaking of *Freigabe*, du machst das jetzt auch mit dem Casting, oder?«

»Na ja, wenn Lars ...«, begann Tom, der es plötzlich befremdlich fand, Elliot bei einem Vornamen zu nennen, der ihm vermutlich auch nach längerem Überlegen nicht eingefallen wäre.

»Also, wegen dem Mädchen«, unterbrach ihn der Regisseur.

»Des.«

»Was?«

»Egal.«

»Also, wir haben da etwas ganz Besonderes, glaub ich, und ich hätte gern, dass du sie dir mal ansiehst. Hab sie dir grad rübergeschickt.«

Tom nahm sein Laptop vom Boden und öffnete das Mailprogramm.

»*Dimension Pictures*?«

»Hab dir die Takes gezippt.«

Tom doppelklickte auf den Anhang und dann noch mal auf den Ordner, der sich daraus entpackte.

»Das sind drei«, sagte er.

»Die anderen sind alternativ. Zwei zum Wegwerfen. Für den Kunden. Sie heißt Rachel.«

Tom öffnete Rachel_Penelope.mov und wartete auf das Programm.

»Ist das ihr richtiger Name? Rachel Penelope?«

»Steht hier so, ja.«

Tom sah ein Mädchen vor einer Glasscheibe stehen. Hinter der Glasscheibe lag ein Strand im Nebel.

Etwas war mit diesem Mädchen.

Etwas, das seine Kehle trocken machte und den Bereich zwischen Augen und Nasenwurzel brennen ließ.

Tom schüttelte den Kopf.

»Und ich soll sie mir jetzt ansehen?«

»Geht ganz schnell«, sagte der Regisseur.

Tom legte den Hörer beiseite, klickte auf das Play-Dreieck und lehnte sich zurück. Der Sessel federte sanft nach hinten. Die Folie flüsterte etwas, das er nicht verstand, das Mädchen sah in die Kamera, löffelte Pudding und sagte Sätze, die er sich ausgedacht hatte. Sätze, die man in der Puddingwelt nun mal so sagte, aber plötzlich schämte er sich dafür. Er wollte nicht, dass dieses Mädchen seinetwegen so etwas sagen musste, und bat sie im Stillen um Vergebung.

Der Regisseur hatte recht. Sie war speziell. Aber da war noch etwas anderes. Erst dachte Tom, dass das nur der Schatten einer Wolkenformation war. Hinter ihr, an der Scheibe.

Er klickte auf Pause. Vergrößerte das Bild.

Nein. Das konnte nicht sein.

»Und?«, fragte der Regisseur. »Klasse, oder?«

Tom ließ den Film in Einzelbildern weiterlaufen.

»Was sagst du?«

Tom sah, wie sich diffus etwas an der Glasscheibe formierte.

Das liegt an der Auflösung, dachte er. Das ist nicht echt.

»Ron?«

»Also, wenn *die* unser Puddinggesicht wird ...«

»Ron, was ist das da hinter ihr?«

»Geil, oder? Das Licht. Der verlassene Strand. Das Meer. Und jetzt stell dir dazu mal dein Glashaus vor ...«

»An der Scheibe. Siehst du das nicht?«

»Äh … sorry, Tom, jetzt musst du mir helfen …«

»Dir fällt nichts auf?«

Plötzlich war alles wieder da. Bilder, die er sofort verdrängte.

Die Auflösung. Die schlechte Qualität. Die Anspannung der letzten Tage.

Tom schüttelte erneut den Kopf.

Nein. Er konnte nicht gesehen haben, was er glaubte, gesehen zu haben.

Er atmete durch und ließ den Film in normaler Geschwindigkeit weiterlaufen.

Es kam aus dem Glas.

Das Mädchen lächelte. Lächelte ihn an.

Und dann streckte sie ihm den Löffel entgegen, mit einer gelben Paste darauf.

Ein Löffel voll Licht.

»Und?«, fragte Ron.

»Ja.«

Toms Mund war trocken.

»Sie ist es.«

9

»Siehst du schon was?« Vera hörte Karlmanns Stimme wie von sehr weit her. Sprosse für Sprosse stieg sie hinab, diesem Etwas entgegen, von dem sie hoffte, dass es sie der Lösung eines Rätsels näher bringen würde, das sie seit über zehn Jahren beschäftigte. Immer tiefer zwang sie sich in diesen Schacht, an dessen Grund vielleicht das Schlimmste lauerte, das sie sich überhaupt vorstellen konnte.

Du musst das Dunkle besiegen, um deinem Dämon begegnen zu können.

Die Sätze aus dem *Buch der Wunder* schoben sich über ihre Gedanken wie die Erzählstimme eines Films. Das Scheinwerferlicht war nur noch ein schwacher Schimmer, der Geruch nach feuchter, modriger Erde wurde stärker. Veras Hände krampften sich um die Stahlseile der Leiter.

Überwinde deine Angst. Angst macht das Dunkle stark.

Je mehr sie versuchte, die Stimme zu überhören, desto lauter wurde sie. Das zähe Fließen in ihrem Kopf. Zeitlupenbewegungen. Ihr Körper plötzlich steif. Das Lösen eines Fußes von der Sprosse. Das Beugen eines Knies. Die leichte Drehung in der Hüfte. Selbst das Atmen kostete Überwindung.

Angst ist nur eine Spekulation. Eine Projektion in die Zukunft und nicht real. Ohne die Zeit gäbe es keine Angst. Angst verschwindet im Jetzt. Geh in den Moment, und die Dunkelheit löst sich auf.

Die Grenze zwischen ihr und der Finsternis verwischte. Je gegenwärtiger sie wurde, desto klarer wurden ihre Gedanken.

Ich bin hier, dachte sie. Ich bin hier und beuge ein Bein.

Ein Schritt.

Ein Schritt.

Ein Schritt.

Du gestaltest deine Welt in jeder Sekunde neu.

Als sie das Ende der Leiter erreicht hatte, war sie umgeben von einer Finsternis, die überall gleich war.

Es roch nach Schwefel. Plötzlich roch es überall nach Schwefel, und unter ihr war ein Flackern, ein Schimmern. Eine Spiegelung von Licht, an die Wände geworfen wie von einer bewegten Oberfläche.

Vera schloss die Augen. Kniff die Lider zusammen und öffnete sie wieder. Flecken und Schemen. Tanzende Punkte, einander durchwirkende Schatten.

Sie stand ganz still. Lauschte. Schloss beide Hände fest um die Seile, ließ sich noch ein Stück tiefer sinken, tastete mit einem Fuß an der Wand entlang.

Wie tief war dieses Loch? Gab es überhaupt einen Grund? Und wenn ja, was würde sie dort finden?

Vera wartete, bis sich ihre Augen an die Dunkelheit gewöhnt hatten. Ein Vorsprung, ein steinernes Plateau. Vera stieß ein paarmal ihren Fuß darauf, bevor sie die Hände von der untersten Sprosse löste und sich langsam niederließ.

Den Rücken an die Wand gedrückt, starrte sie in die Tiefe, ohne etwas zu sehen. Sie lauschte ihrem Atem. Spürte, wie die Luft beim Einatmen kühl an der Innenseite ihrer Nase entlangstrich. Wie sich die feinen Härchen im Strom ihres Atems bewegten. Erst in die eine, dann in die andere Richtung. Sie hielt sich offen. Versuchte, nichts zu erwarten. Achtsam zu sein.

Ein.
Aus.
Ein.
Aus.
Der Schwefel brannte in ihrer Nase.
Da. Wieder das Schimmern. Und jetzt sah sie es ganz deutlich. Das war wirklich ein Brunnen. Unter ihr war Wasser. Und darin leuchtete etwas.
Vera ging in die Knie. Beugte sich dicht über die bewegte Oberfläche. Und plötzlich war die Angst wieder da, griff ihr jäh in den Nacken. Vera sah ihr Gesicht in der Spiegelung. Ein feiner, hoher Ton in ihren Ohren.
Sie musste ruhig bleiben. Durfte nicht in Panik geraten. Sie hatte es bis hierher geschafft, sie musste verhindern, dass das Dunkle Gestalt annahm.
Langsam streckte sie die Hand aus.
Was war da unter der Oberfläche? Kleine silberne Perlen? Kugeln?
Und auf einmal wusste sie es. Auf einmal schlug ihre Angst in Erleichterung um. Natürlich. Das war der Rosenkranz des Pastors, der von der Wurzel gerutscht und in den Schacht gefallen war. Dem Priester war nichts zugestoßen, das wussten sie bereits. Er stand unter Schock, war aber nicht verletzt und würde bald vernommen werden können.
Vera wollte die Kette gerade nehmen, als der Rosenkranz sich bewegte. Er trieb im Wasser wie Tang, seine Kugeln veränderten sich. Wurden größer. Einige liefen spitz zu, andere hatten plötzlich eine andere Farbe, schimmerten nicht mehr silbrig, sondern funkelten bernsteinfarben wie zwei ...

Nein. Hör auf, das zu denken. Angst erschafft nur den Gegenstand deiner Angst. Wovor du dich fürchtest, das geschieht bereits.

Das Wasser begann sich zu verformen, der Schwefeldampf nahm ihr den Atem. Alles, was sie in dem Heft gelesen hatte, wich schierer Panik.

Dreh dich um, dachte sie. Das ist nicht real. Das alles kommt nur aus dir.

Vera wusste, wie man das Dunkle besiegt. Sie hatte es gelesen. Die ganze Welt ist ein Spiegel. Alles, was du siehst, bist du selbst. Hör auf, das Monster zu füttern, und es verschwindet. Ganz einfach.

Aber es gab einen gewaltigen Unterschied zwischen dem, was man gelesen hatte, und dem, was seit Urzeiten im Bewusstsein verankert war.

»Vera?«

Karlmanns Stimme, ein mehrfach verhalltes Echo. Die ferne Version eines vertrauten Klangs. Vertraut genug, um sie an die Welt zu erinnern, in die sie unbedingt zurückwollte.

Vera packte die unterste Sprosse und schaffte es, ihren zitternden Körper hochzuziehen. Ein, zwei Schritte die Wand hoch, dann mit aller Kraft nach oben.

Licht blendete sie. Karlmann hatte den Scheinwerfer neu ausgerichtet. Guter, alter Karlmann. Sie musste jetzt nur noch in Richtung Licht, durfte sich nicht umsehen.

Weiter. Nur weiter, dem Licht entgegen.

10

Selbstfindung!«
Tatjana lachte auf.

»Sonst noch was? Ich meine, du hast ihm das to*tal* nicht angemerkt! Bei dem Mittagessen vor ein paar Tagen war er noch so ... professio*nell*, so ... *super smart* ...«

»Hmmm«, machte Tom, dem Holger Dietrichs Kontrollverlust plötzlich in ganz neuem Licht erschien.

Eine gute Stunde hatten Tatjana und er bereits im Auto verbracht, die Landschaft war flacher und eintöniger geworden, Wiesen und Felder hatten in hypnotischer Regelmäßigkeit die Straße gesäumt. Nur eine halbe Stunde noch, dann wären sie am Meer, bei seinem Haus aus Licht, aber Tatjana musste ja unbedingt in diesem *urigen alten Landgasthaus* zu Abend essen.

»Ganz ehrlich, Tom, kannst du dir *Hol*ger *Diet*rich in einem *Zen*-Kloster vorstellen? Dazu noch in Kali*for*nien?«

Sie ließ die Gabel ein Stück sinken. Konnte wohl immer noch nicht glauben, was Elliot ihnen gerade am Telefon eröffnet hatte. Aber Tom wollte so schnell wie möglich zum Set.

»Noch Wein?«

Er neigte die Flasche über ihr Glas, und weil sie ihn bloß weiter mit dieser zur Fratze erstarrten Fassungslosigkeit ansah, schenkte er nach, bis die Flasche leer war.

»Jetzt mal im Ernst ... was *denkst* du darüber?«

Tom zuckte mit den Schultern. Er hielt es durchaus für möglich, dass Holger Dietrich inzwischen genug Geld zusammenhatte, um irgendwo in der Dritten Welt ein sorgenfreies Leben zu führen. Dass er diesen Selbstfindungs-Quatsch bloß erfunden hatte, um bewundert zu werden. Zen-Kloster, das klang nach spiritueller Veredelung, nach einem weiteren Schritt nach vorn und erforderte nicht halb so viel Mut, wie zuzugeben, dass er in Zukunft lieber mit Hula-Mädchen und bunten Cocktails am Strand liegen wollte, als weiterhin Trojanische Pferde auf die Rückseiten von Speisekarten zu zeichnen.

Je länger Tom darüber nachdachte, desto offensichtlicher erschien ihm diese Zen-Nummer als typischer Holger-Dietrich-Schachzug. Vor allem die abstruse Kombination mit Kalifornien. Ein kalkulierter Bruch, der das Ganze erst so richtig glaubwürdig machen sollte.

Holger Dietrich ist einfach zu viel für mich, dachte Tom wieder, schüttelte den Kopf und spülte den Gedanken mit einem großen Schluck Wein runter.

Tatjana verzog die Mundwinkel. »Du trinkst das Zeug ja wie *Wasser*, du musst noch *fah*ren!«

»Genau.«

Tom leerte das Glas und schob den Teller beiseite, auf dem noch drei Kroketten, ein wenig Salat und über die Hälfte eines mit Ananas und Käse überbackenen Schnitzels lagen.

»Können wir weiter?«

Tatjana wischte sich den Mund mit der Serviette ab, knüllte sie neben den Teller und stand auf.

»Bin gleich wieder da.«

Sie verschwand in Richtung Toilette. Toms Blick fiel auf einen dunkelroten Bierdeckel. *Nur wer den Augenblick lebt, lebt für die Zukunft* stand darauf. *Heinrich von Kleist*.

Tom zahlte, drehte den Deckel um und zückte seinen Kugelschreiber. Er wollte die Wartezeit nutzen, um etwas zu notieren, aber ihm fiel nichts ein. Er klickte die Mine rein und wieder raus, rein und wieder raus.

Das Pärchen vom Nachbartisch starrte ihn an. Tom brauchte eine Sekunde, bis er begriff, warum. In der Stadt waren die Leute deutlich diskreter. Er starrte zurück, und sofort wandten sich die beiden ab. Tom versuchte, ihr Alter zu schätzen. Sie konnten zwanzig oder auch dreißig sein, sie hatten Gesichter, die man sofort mit randlosen Brillen in Verbindung brachte, obwohl sie gar keine Brillen trugen. Besonders das Mädchen sah unnatürlich sauber aus, abwaschbar wie die sich selbst reinigenden Plastiknasszellen in modernen Nachtzügen.

Insgeheim hätte sie gern jemanden, der etwas verwegener ist, dachte Tom. Sie ist nicht unrealistisch, sie weiß, dass sie nicht aussieht wie die Sorte Frau, nach der sich die Männer verzehren. Sie will nur ein ganz klein wenig Glück. Sich vom Schicksal einen Vorteil erschummeln, den Gewinn einstreichen und raus. Stattdessen heiratet sie den Typen mit dem Karpfengesicht. Sie hasst sich dafür, jeden Tag, aber sie lernt, es sich gemütlich zu machen in dieser Endlosschleife aus unterdrückten Gefühlen, die zwischen den Polen *Es gibt ein besseres Leben* und *Ich aber habe es nicht verdient* hin- und herrasen. Bis ihr das Schrillen der Alarmglocke erst zur Gewohnheit und schließlich zum Schlaflied wird.

Eines Abends kommen seine Kollegen aus der Rechnungsabteilung zum Essen. Alle loben den Braten, und beim Abräumen raunt ihr einer seiner Kollegen, weil er getrunken hat, in der Küche etwas zu. Eine leicht anzügliche und kaum ernst zu nehmende Bemerkung. Sie aber bewahrt diese Worte in ihrem Inneren wie einen Schatz. Sie spricht mit niemandem darüber, auch nicht mit ihrem Mann. Sie wird sich ewig schlecht fühlen deswegen. Wie eine Sünderin und gleichzeitig großartig, weil der Satz sie an die Person erinnert, die sie hätte sein können, wenn sie weiter an sie geglaubt hätte. Diese im Suff dahergesagten Worte eines nicht mal besonders attraktiven Mannes laden sich zwischen den beiden auf. Eine Spannung, von der niemand weiß, woher sie kommt, aber diese unausgesprochene Winzigkeit ist das Gift, das nach und nach seine Wirkung entfaltet. Die Schuld eines ungelebten Lebens lastet schwer, sie ist vor ihrer Bestimmung weggelaufen und denkt, sie muss dafür bestraft werden.

Vielleicht trennt sie sich von ihrem Mann und gerät auf die schiefe Bahn. Wählt unbewusst einen Weg, der ihr möglichst viel Leid zufügt. Fährt ihr gesamtes Leben gegen die Wand, bis sie aufwacht von dem Knall und vor einem riesigen Haufen Schrott steht. Sie hat jetzt nichts mehr. Aber zum ersten Mal empfindet sie so etwas wie Glück.

Tom spürte das plastikumwickelte Ende eines Schnürsenkels hart zwischen Sohle und Fuß. Er zog die Socke hoch, bis die Irritation verschwunden war, und fragte sich, was Tatjana so lange auf der Toilette machte. Ob sie ihn ärgern wollte. Außer ihnen war nur noch das Pärchen vom Nebentisch im Lokal, er konnte also nachsehen, ohne jemand anderem zu begegnen. Er stand auf und öffnete die Tür zur Damentoilette. Rief ihren Namen, obwohl er gleich sah, dass jede Kabine frei war.

Ein komisches Gefühl beschlich ihn. Er wollte zurück in die Gaststube, ging am Waschbecken vorbei und sah den Spiegel schlagartig schwarz werden.

Tom drehte den Kopf.

Die Überarbeitung.

Die Anspannung.

In letzter Zeit knallte es manchmal in seinen Ohren, dann hörte er sekundenlang ein Pfeifen. Oder das Bild vor seinen Augen verschwamm, flackerte und wurde dunkel.

In dem Spiegel war nichts. Trotzdem kam es ihm vor, als lauerte etwas darin. Ein Leben, das ihm vorkam wie das eines anderen. Das er hinter sich gelassen hatte, abgestreift wie eine Larve.

Tom fuhr herum. Aus dem Augenwinkel sah er die Dunkelheit sich lösen.

Das Wesen ist in der Spiegelung. Wenn du dich ihm nicht stellst, bleibt es in dir und frisst dich, frisst dich von innen heraus, bis du nichts Lebendiges mehr in dir hast.

Tom hielt die Luft an. Stieß die Tür auf. Am Tisch vorbei Richtung Ausgang, raus an die Luft.

Ein.

Aus.

Ein.

Aus.

Atmen ist gut. Atmen ist richtig. Da ist nichts in dir. Die Dunkelheit ist nicht echt. Was du gesehen hast, waren Schatten. Nichts als Schatten.

Da ist nichts in dir.

11

Sie saß bereits im Auto. Tom öffnete die Tür und wollte gerade fragen, was das solle, am Set warte noch genug Arbeit, er habe keine Lust auf Spielchen, doch etwas hielt ihn davon ab.

»Entschuldigung, fahren Sie ans Meer?«

Schüchtern strich sie sich eine Strähne aus der Stirn. Eine Geste, die er nicht von ihr kannte. Überhaupt kam ihm plötzlich alles fremd vor, und einen Moment lang fragte er sich, ob da wirklich Tatjana im Auto saß.

Tom starrte sie an. Begriff nicht. Da war nichts Vertrautes mehr an ihr, selbst ihre Stimme war die einer anderen. Vermutlich wollte sie ihn zum Narren halten. Sich über ihn lustig machen.

»Sie haben Glück«, sagte er, setzte sich neben sie und startete den Motor. »Normalerweise nehme ich eine andere Strecke.«

Tatjana lächelte. Flüsterte einen kaum hörbaren Dank.

»Wer weiß, an wen Sie sonst geraten wären. Ist 'ne ziemlich üble Gegend hier.«

Es war leicht. Sie spielte eine Fremde, er spielte mit.

»Ich will Ihnen ja keine Angst machen. Aber seit einiger Zeit erzählt man sich ... Dinge.«

Tom sah in den Rückspiegel. Schnallte sich an.

»In dem Wald soll etwas leben.«

Er fuhr los. Bog auf die Landstraße.

»Etwas Unheimliches.«

Im Licht der Armaturenbeleuchtung sah ihr Gesicht glaubhaft verängstigt aus. Das leichte Zittern der Haare.

Die Beine fest zusammengepresst, den Blick über ihre Kniescheiben in die Schwärze des Fußraums gerichtet.

»Ein Dämon«, sagte er und merkte, dass es Tatjana spätestens jetzt bereute, mit dem Unsinn angefangen zu haben.

Tom spürte die Verlockung, sich der Situation hinzugeben. Sich fallenzulassen in einen Anderen. Er schaltete das Radio ein und setzte weit vor der Abzweigung in den Wald den Blinker. Es machte ihm Spaß, ihn kalt und klar in die Stille schmatzen zu lassen.

Der Sendersuchlauf stoppte. Ein Stück aus den Siebzigern, das sein Vater gern gehört hatte. Toms Hände krampften sich um das Lenkrad.

There's a staaaar-maaan waiting in the sky. He'd like to come and meet us, but he thinks he'd blow our minds ...

Etwas Sonderbares regte sich in ihm. Etwas Altes. Kraftvolles.

Tom bog in den Wald. Steuerte den Wagen über einen unbefestigten Weg, zwischen Bäumen hindurch, die das Scheinwerferlicht kurz aus der Dunkelheit hob. Grelle Schemen, die schnell wieder zu Schatten wurden.

Let the children lose it ... let the children use it ... let all the children boogie ...

Plötzlich ein Schrei.

Tatjana schlug die Hände vors Gesicht.

Etwas Großes, Unscharfes war blitzhaft vor der Windschutzscheibe aufgetaucht und sofort von Finsternis verschluckt worden.

Tom stieß den Fuß auf die Bremse, würgte den Motor ab. Staub wirbelte im Scheinwerferlicht.

Ein Vogel vielleicht. Tom hatte keinen Schlag gehört, möglicherweise war überhaupt nichts passiert.

Tatjana saß unverändert da, die Hände vorm Gesicht, den Oberkörper gekrümmt.

»Was war das?«

»Ich seh nach«, sagte Tom und öffnete die Tür, blieb aber im Wagen sitzen.

Die Staubwolke senkte sich langsam. Er konnte ein Stück in den Wald sehen. Jenseits der überbelichteten Stämme verlor sich das Licht in der Dunkelheit. Abgesehen von einem leichten Ticken unter der Motorhaube war es vollkommen still.

»Bleib hier.«

Tatjana starrte nach draußen.

»Ich hab ein komisches Gefühl.«

Tom folgte ihrem Blick. Aber da war nichts.

»Ich seh nur kurz nach.«

Er stieg aus, tastete sich vorsichtig am Wagen entlang. Die Fingerkuppen seiner linken Hand berührten den Lack wie ein unsicherer Schwimmer den Beckenrand.

»Lass uns hier weg«, flüsterte Tatjana, als er auf ihrer Seite angekommen war.

Sie hatte das Fenster heruntergelassen und schien wieder sie selbst zu sein, doch Tom löste seine Hand von der Wärme des Wagens und ging in die Finsternis, folgte dem Lichtsaum auf der dunklen Seite des Scheinwerferkegels ins Unterholz.

Tatjana rief etwas hinter ihm her, das er nicht verstand, und als er sich umdrehte, waren die Lichter des Autos bereits schwächer als das des Mondes.

Er hörte etwas. Ein Rauschen. Vielleicht ein Baum. Aber es war vollkommen windstill.

Ein quecksilbriges Schimmern, hinter den Bäumen. Ein See. Eine Erinnerung.

Es gibt diesen See nicht, dachte er. Es hat ihn nie gegeben. Das alles existiert nicht.

Die Narben in seinem Gesicht begannen zu schmerzen. Ihm wurde heiß, sein ganzer Körper brannte.

Reiß dich zusammen, dachte er. Das kann alles nicht sein. Konzentrier dich.

Irgendwo hinter dem Wald ist das Meer. Ich bin fast am Ziel.

Tom stand ganz ruhig. Lauschte in die Stille.

Weit entfernt strichen Scheinwerfer vorbei. Ließen die Oberfläche des Sees milchig schimmern.

Ein Haus aus Licht.

Tom tastete nach etwas in seiner Hosentasche.

Jetzt ist es so weit, dachte er. Jetzt drehst du endgültig durch.

Tatjana war allein im Wald mit diesem Etwas, und er hatte nichts Besseres zu tun, als ...

Schnell. Nur ein einziger, ein allerletzter Blick. Ein paar Schritte zum Ufer.

Du weißt genau, was geschieht. Du kannst es nicht verhindern. Also sieh hin.

Erinnerst du dich? Wie das Mädchen vor der Glasscheibe den Pudding gegessen hat? Wie sie den Löffel mit der gelblichen Masse darauf in die Kamera gehalten hat, dir entgegen?

Rachel. Die Stadt, die der Wahrheit am nächsten liegt.

Wie sie dich angesehen hat. Wie sie nicht in die Kamera geblickt, sondern dich direkt angesehen hat. Rachel Penelope.

Also komm.

Öffne jeden Schrank.

Schau in jede Ecke.

Unters Bett.

In den See.

12

Rachel kam sich vor wie im Märchen. Einem überdimensionierten Edelstein, einem funkelnden, blitzenden Diamanten gleich leuchtete und strahlte der Supermarkt wie ein fremdartiges Raumschiff, das direkt am Meer gelandet war.

Als Kind hatte sie oft davon geträumt, dass Außerirdische sie entführten und heim zu dem Planeten brächten, auf dem sie geboren war. Dass sie selbst eine Außerirdische war, hatte sie nie in Zweifel gezogen. Auch nicht, dass ihre Mutter gar nicht ihre wirkliche Mutter war.

Wie sie mit Roland das Set umschlich. Wie sie raunend und tuschelnd den Supermarkt umkreisten. Als hätten sie einen Prominenten entdeckt, den sie sich nicht anzusprechen trauten. Rachel war das alles so peinlich, dass sie ein Stück hinter ihnen ging.

»Kommt da eigentlich gar kein Dach drauf?«, fragte ihre Mutter.

»Dach.« Roland lachte. »Da muss doch erst mal die Inneneinrichtung stehen, bevor da was draufkann.«

»Da kommt kein Dach drauf«, sagte Rachel. »Das ist ja der Witz. Die wollen das Licht und den Wind und das alles, da kommen nur Scheinwerfer und Spiegel drüber, damit sie bestimmte Details besonders magisch machen können.«

Der Kameramann hatte ein englisches Wort benutzt, um ihr ein Gefühl für dieses ganz besondere Licht zu geben, und als sie gefragt hatte, was das Wort bedeute, hatte er gesagt, so was wie magisch.

»Heeeeyyy ...«

Rachel hörte, wie jemand auf sie zulief, und einen Moment später lag Rons Hand auf ihrer Schulter.

»Wie geht's meiner Puddingprinzessin, alles im grünen Bereich?«

Er wandte sich an Roland und ihre Mutter.

»Es gibt noch eine winzige Verzögerung, aber die Jungs arbeiten super, wir kriegen den Markt heute noch hin, und morgen in aller Frühe geht's los.«

Er sah Rachel aus seinen Teddyaugen mit gespielter Ermahnung an.

»Heißt für dich: nicht zu lange Party machen und früh ins Bett, damit du morgen fit bist, ja? Die Kat gibt dir gleich noch die Dispo, da steht alles ganz genau drauf, wann du wo sein musst, wer dich wann wo abholt ... alles, was du wissen musst, okay?«

Ron winkte irgendwem hinter ihr zu, vermutlich *der Kat*, dann deutete er auf seine Uhr und formte mit den Lippen ein stummes *Bin gleich bei dir*.

»Ist nur echt wichtig, dass du pünktlich bist – Maske ist glaub ich kurz vor sieben, dann wirst du so gegen sechs abgeholt. Schaffst du, oder?«

Ron zwinkerte ihrer Mutter und Roland zu und zielte mit einer Pistolenhand auf Rachel.

»Ich seh dich beim Dinner, Hauptdarstellerin!«

Ein Löffel voll Licht, dachte Rachel und wusste nicht, wieso. Der Satz war plötzlich in ihrem Kopf gewesen, eine Erinnerung wie von sehr weit her, ein Ort, den sie zu kennen glaubte. Doch was immer es gewesen war, es war schneller vorbei, als ein Gedanke braucht, um zu greifen.

13

Tom lief auf die Scheinwerfer zu, auf allen vieren, weg von dem See. Zweige zerkratzten seine Haut, trockenes Gestrüpp brach unter seinen Händen, seinen Füßen, er stolperte durch die Finsternis, riss sich dabei immer wieder Arme und Beine auf, blieb mit seinem Hemd, seiner Hose an Dornen hängen, spürte Stoff reißen.

Die Tür stand offen. Tatjana saß nicht mehr im Auto.

Tom rief nach ihr, blickte sich um. Sah unter jeden Busch, rief lauter. Dass das nicht witzig sei. Dass sie rauskommen solle, das Spiel sei vorbei. Hier sei nichts, er habe nachgesehen, es gebe keinen Grund, sich zu verstecken, sie müssten weiter, sie seien längst außerhalb des Zeitplans. Aber er hörte nur seine eigene Stimme, sein eigenes Atmen und das Knacken der Äste unter seinem Gewicht. Er holte sein Handy aus der Tasche und wählte ihre Nummer.

Ein Summen. Ein Leuchten durch das Unterholz, rechts von ihm, keine zehn Schritte entfernt. Ein pulsierendes bläuliches Licht. Vorsichtig bewegte er sich darauf zu, nahm das Telefon vom Boden, rief weiter nach ihr, drehte sich, das Gesicht dem Mond zugewandt.

Erst, als er merkte, dass es keinen Zweck mehr hatte, stieg er ins Auto und fuhr aus dem Wald in Richtung Landstraße. Zweige quietschten über das Dach, zerkratzten den Lack, Äste brachen unter den Reifen. Tom schaltete das Fernlicht an, hielt weiter Ausschau nach ihr, aber er sah sie nirgends.

An der ersten Tankstelle stieg er aus, um sich zu waschen und saubere Sachen anzuziehen. Die Reisetasche geschultert, folgte er den Toilettenzeichen und stieg eine Treppe hinab, die sich als Spirale in die Tiefe wand. Niemand schien dort zu sein, selbst der kleine Holzstuhl mit dem Tischchen, auf dem ein Unterteller mit zwei Münzen stand, war verwaist. An der Decke flackerten Leuchtstoffröhren.

Tom stieß die Tür auf. Er stellte sich ans Waschbecken und erschrak. Das da im Spiegel war ein Wilder. Die Haut von Erde beschmutzt, der Mund blutverschmiert, die Augäpfel leuchtend weiß in den Höhlen.

Hatte er einen Anfall gehabt? Er musste sich auf die Zunge gebissen haben, wie sonst war das Blut zu erklären? Tom erinnerte sich an gar nichts, doch allzu lange konnte seine Abwesenheit nicht gedauert haben, das Licht der Scheinwerfer war kaum schwächer geworden.

Er wusch sich das Gesicht, immer wieder. Kurz glaubte er, einen Schatten über die Fliesen huschen zu sehen. Er betrachtete den Raum hinter sich im Spiegel. Wusch sich die Hände, bis seine Haut rosa war.

Tom fuhr herum.

»Hallo?«, rief er und räusperte sich.

Seine Hände waren nicht rosa. Das war Blut.

»Hallo?«

An seinem Hemd, seinem Oberkörper ...

Tom ging zur Tür, sah in den Gang, nach rechts, nach links. Er trat gegen den Papierkorb. Der Eimer knallte gegen die Wand und polterte zurück auf die Fliesen. Tom trat dagegen, immer wieder, bis der Raum erfüllt war vom tausendfachen Echo des Aufpralls.

Einatmen.

Ausatmen.

Langsam und tief.

Da ist nichts.

Noch während er die gewundene Treppe wieder nach oben stieg, wählte er die Nummer der Polizei.

V

DAS LICHT

I

Kannst du mir jetzt vielleicht endlich mal verraten, was da unten mit dir passiert ist? Du bist ja immer noch vollkommen durcheinander!«

Vor einer knappen Stunde hatten sie die Vermisstenmeldung reinbekommen. Gleiche Gegend, weibliche Person, Anfang dreißig. War angeblich mitten im Wald *verloren gegangen* – auf welche Weise, konnte sich Karlmann lebhaft vorstellen. Jedenfalls war ihm alles andere als wohl dabei, jetzt zum dritten Mal in diesen Wald fahren zu müssen.

»Ich bin mir nicht sicher«, sagte Vera.

»Nicht *sicher?*«

Karlmann ging ihre ständige Geheimniskrämerei langsam auf den Wecker.

»Du wirst doch wohl noch wissen, was du da unten gesehen hast!«

Die ganze Zeit hatte er sie in Ruhe gelassen. Hatte respektiert, dass sie nicht darüber sprechen wollte. Es war ihm sogar lieb gewesen, davon noch verschont zu bleiben. Doch mittlerweile lag ihr zweiter Ausflug in den Wald so lange zurück, dass Karlmann meinte, eine Erklärung verlangen zu können.

»Da war nichts«, sagte Vera. »Bloß ein Loch im Boden. Ein Schacht, in dem es nur Dunkelheit und Kälte gibt ... und dich selbst natürlich.«

Karlmann schwieg.

Und auf einmal durchfuhr sie etwas. Vera nahm das Funkgerät und fragte in der Leitstelle nach dem Namen des Anrufers.

»Irgendein Werber«, krachte es aus dem Lautsprecher. »Dreht am Meer einen Film. Wir haben die Nummer und die Adresse des Sets. Ist jederzeit erreichbar, sagt er.«

»Und die vermisste Person?«

»Kollegin aus der Agentur. Wollte angeblich nur kurz in die Büsche und ist dann nicht zum Auto zurück.«

»Habt ihr in der Agentur angerufen? Am Set?«

»Überall.«

»Verwandte? Familie? Freunde?«

»Überall.«

»Und das Handy?«

»Hat der Typ.«

»Ich brauch den Namen.«

»Welchen Namen?«

»Von dem Typen, der das Handy hat.«

Er wurde ihr genannt, und obwohl sie schon während der Frage ein komisches Gefühl gehabt hatte, spürte Vera, wie es plötzlich still in ihr wurde.

Sie richtete sich in ihrem Sitz auf.

»Kannst du das wiederholen?«

Der Name wurde ein zweites Mal genannt. Karlmann wich ihrem Blick aus. Endlich begann sich der Kreis zu schließen. Fügten sich die Teile, ohne dass Vera etwas dazu tun musste. Das gehörte zu den Mysterien ihres Berufes. Den Regeln, die einem keiner beibrachte. Die Wahrheit fand meist von ganz allein ihren Weg ans Licht. Sie brauchte nur manchmal etwas Zeit.

Dieses Buch gehört: Penny und Tom.

Vera sah den Stempel noch deutlich vor sich, sah ein fröhliches junges Mädchen zwischen Sträuchern umherspringen.

Sie hörte ihr Lachen und sah ihr Kleid im Sommerwind fliegen. Ein grünes Kleid mit roten Melonenstücken darauf.

2

Ein Klopfen war in seinen Traum gedrungen. Hatte sich unter die Bilder geschoben, trieb sie voran. Riesige Zahnräder, deren Zacken gigantische Uhrwerke bewegten, Sekundenzeiger Stück um Stück weiterrucken ließen.

Klack.

Klack.

Klack.

Erst, als ihn das Klopfen an die Oberfläche des Schlafes getrieben hatte, wurde ihm klar, dass es im Traum seine Aufgabe gewesen war, die Zeit anzuhalten. Hatte er es jedoch tatsächlich einmal geschafft, eines der Werke zu stoppen, rasselten bereits die Ketten des nächsten, holte das Innere einer Standuhr tief Luft, um mit sattem Glockenschlag sein Versagen zu bekunden. Wie aus billigen Lautsprechern dröhnte dazu die Stimme des Uhrmachermeisters: dass er vielleicht ein paar Messgeräte außer Betrieb gesetzt habe, gegen die zu vermessende Dimension aber nie etwas werde ausrichten können.

Es gibt gar keine Zeit, griff der rettende Gedanke nach ihm, doch da erwachte er bereits in einem Raum, den er nie zuvor gesehen hatte.

Tock!

Tock!

Tock!

Energischer jetzt, beinahe wütend. Dazu sein Name, immer wieder. Der Traum riss, und mit lose fliegenden Enden sank die erlösende Botschaft zurück in die Tiefe, der sie entstiegen war.

Das Zimmer um ihn herum, eine fahle Version von Schwarz.

Die Pension am Meer.

Das Haus aus Glas.

Tom erinnerte sich.

Der Dreh. Seine große Chance.

Er stand auf, zog sich etwas über.

Tatjana. Das war Tatjanas Stimme.

Tom öffnete die Tür, und da stand tatsächlich Tatjana. Erleichtert umarmte er sie, hielt ihren warmen, lebendigen Körper fest und sagte, wie froh er sei, er habe sich Sorgen gemacht, wo um Himmels willen sie gewesen sei.

Tatjana drückte ihn von sich.

»Ich hatte echt Angst vor dir, weißt du das?«

Tom deutete auf den kleinen Tisch und öffnete die Minibar.

»Dachte, du drehst vollkommen durch«, sagte sie. »Hättest dich mal sehen sollen, das warst überhaupt nicht mehr du!«

»Warte mal ...«

Tom nahm eine Handvoll Fläschchen aus dem Kühlschrank, drehte die Verschlüsse ab und verteilte den Inhalt in zwei Gläser.

»Du bist vor mir weggerannt?«

»Du hättest dich sehen sollen«, wiederholte sie und setzte sich an den Tisch.

Tom schob ihr ein Glas hin und nahm selbst einen großen Schluck.

»Ich hatte Glück«, sagte sie. »Da kam sofort ein Wagen.«

»Und der hat dich bis hierher gefahren?«

Sie schüttelte den Kopf.

»Tankstelle. Von da aus bin ich mit dem Taxi weiter.«

Tom griff in die Innentasche seiner Jacke über dem Stuhl und gab ihr das Handy.

»Hab sogar schon die Polizei gerufen«, sagte er. »Kann sein, dass die gleich hier sind. Wie spät ist es eigentlich?«

»Fast Mitternacht.«

Sie trank ihr Glas aus, nahm das Handy und ging zur Tür.

»Wollte auch nur sehen, ob du wieder du bist.«

Tom ließ den letzten Schluck im Glas kreisen.

»Tut mir leid, wenn ... ich wollte dir keine Angst machen.«

Sie nickte.

»Gute Nacht.«

Tatjana schloss die Tür hinter sich, und Tom wollte gerade zurück ins Bett, als sein Blick aus dem Fenster fiel.

Licht. Farbiges, sich veränderndes Licht. Er trat nah an die Scheibe und sah den Supermarkt in der Finsternis leuchten wie einen Tiefseefisch. Durchscheinend, sich zusammenziehend. Immer neue Farben generierend.

Der Regisseur hatte recht, Tom hatte wirklich etwas Besonderes geschaffen. Er musste sein Werk aus der Nähe sehen, jetzt, da sie offenbar die gesamte Lichtanlage testeten. Sämtliche Effekte.

Tom zog die Jacke über und verließ barfuß das Hotel. Spürte erst Teppich unter den Füßen, dann Sand.

Der erste Mensch, der hier seine Spuren hinterlässt, dachte er. Im feinen Staub des Mondes.

3

Zwei Gestalten, sich einander nähernd. Durch die Finsternis taumelnd.

Sie bleiben stehen, vor dem gläsernen Haus. Erkennen sich im Schein eines Lichts, das ständig die Farbe wechselt. Partikel, die gleichzeitig ihre Antiteilchen sind.

Du weißt, dass sie verschwinden, wenn sie aufeinandertreffen. Dass sie in einem gigantischen Lichtblitz die Energie freisetzen, die alles in sich trägt. Das ganze Universum. Glaube. Liebe. Hoffnung, Stolz und Zweifel. Die ganze Lächerlichkeit, die Angst und die Erhabenheit. Die Essenz aller Geschichten.

Du weißt: Antimaterie verhält sich wie gewöhnliche Materie.

Antiglas splittert wie Glas.

Antilicht leuchtet wie normales Licht.

Und Anti-Ich ist ein Blick in den Spiegel.

Nur ohne Spiegel.

4

Sie sah nur einen schwarzen Umriss. Die Gestalt kam im Gegenlicht auf sie zu, und einen Moment lang wusste Rachel, dass das der Junge war, den sie am See getroffen hatte. Eine Erkenntnis, die ihr Verstand sofort zur Seite schob.

»Hey«, sagte der Mann. »Du bist Rachel, oder?«

»Ja«, sagte sie und fand es weit unterhalb ihres Wachbewusstseins unglaublich, dass der Idiot sie nicht mal erkannte.

»Ich bin Tom«, sagte der Mann, »von der Agentur.«

Auf einer Frequenz, die viel zu fein war, um auch nur eine Irritation auszulösen, wunderte sie sich, wie alt der Junge mittlerweile geworden war.

»Dann hast ... *du* dir das alles ausgedacht?«, fragte sie. »Diesen ganzen ...«

»Pudding?«

Sie lachte.

»Den ganzen Pudding, ja.«

Und dann änderte sich das Licht. Und dann sahen sie in den Supermarkt aus Glas. Ein kurzer Blitz. Eine Erkenntnis, eine Erinnerung, die auf einer unendlich subtilen Ebene eine Verbindung schuf, eine Vertrautheit. Und dann eine Bewegung auslöste, eine kaum wahrnehmbare Geste aufeinander zu. Doch weil beide sie ausführten, bestätigte und verstärkte sie sich und der Impuls brach durch: Toms Fingerspitzen berührten die eines dreizehnjährigen Mädchens, und plötzlich gingen sie Hand in Hand in einen Supermarkt aus Licht.

Gläserne Wände, gläserne Regale. Schachteln, in denen nichts war, die bloß an den Seiten bedruckt waren und nur aus den Blickwinkeln echt wirkten, die die Kamera später einnehmen würde. Je näher an der Kamera, desto besser die Schachteln, das hatte Tom den Ausstattern selbst so erklärt, und statt den erstbesten Anlass zu nutzen, sich wieder voneinander zu lösen und alles aussehen zu lassen wie einen Zufall, krampften sich ihre Hände nur stärker ineinander, hielten sie sich aneinander fest wie zwei Ertrinkende.

Wieder versuchte Tom zu erkennen, wer da oben saß, wer verantwortlich für all das war, doch das Licht war einfach zu hell, und jetzt bewegte es sich auch noch, brach sich tausendfach an den Wänden aus Glas, die er hatte errichten lassen, und all die Schatten all der Dinge in Regalen konnten tanzen, Packungen, zahllos in Farbe und Form, verwandelten den Grund, auf dem er ging, in etwas Lebendiges. Der unsichtbare Bühnenmeister musste jeden Scheinwerfer ausprobieren, noch den kleinsten Effekt, um später, wenn die Kamera lief, vorbereitet zu sein, auf alles. Oben und unten flossen ineinander, ein wimmelnder Organismus, der alles Feste auflöste und pausenlos Sinnestäuschungen erzeugte, Träume, Illusionen, und dann ein Huschen, wie von einem Tier, eine Spiegelung, hinten im Glas, ein fliehender Schatten, und natürlich bildete er sich das bloß ein, der da oben spielte sicher nur an den Reglern, aber einen Moment lang meinte er sich zu erinnern. Eine vergessen geglaubte Melodie, die plötzlich etwas wachrief.

Row, row, row your boat gently down the stream ...

Ein Bild, das ihn anblickte wie aus einem anderen Leben. Eine mikroskopische Spanne. Ein Übergang zwischen dieser und jener Welt.

Merrily, merrily, merrily, merrily, life is but a dream.

5

Weißt du noch? Wie wir mit bloßem Auge in die Sonne sahen? Einen kurzen Moment lang den Schmerz spürten, das Reißen, wenn die Iris krampft, um das Auge zu verschließen vor dem Feuer, das zu viel ist, für den Menschen. Das sich ins Herz brennt, unauslöschlich, weißt du noch?

Als alles eins war? Als es keine Trennung gab zwischen dir und mir und der Welt? Als wir dachten, dass nichts unmöglich ist, und deshalb auch nichts unmöglich war, weißt du noch?

Wie wir gesehen haben, was niemand sonst sah? Wie wir die Sonne in uns hatten, für einen Moment und also für immer?

6

Das Licht wird dunkelgrün. Du gehst zwischen Regalen, die atmen, die sich ausdehnen und wieder zusammenziehen.

»Mir ist schwindelig«, sagt sie und lässt sich im Schneidersitz auf den Boden sinken.

Du setzt dich neben sie, lehnst deinen Rücken an ein Regal voller leerer Dosen, beklebt mit Bildern von Bohnen.

»Schließ deine Augen«, sagt sie, du schließt deine Augen, und sie legt dir etwas in die Hand. Drückt deine Finger darum.

»Was ist das?«, fragst du, obwohl du in derselben Sekunde weißt, was es ist. Du öffnest die Hand, und da liegt ein Astronaut. Das ist Neil Armstrong, denkst du, und genau das sagst du auch: »Das ist Neil Armstrong, oder?«

»Steht zumindest so auf dem Schild«, sagt das Mädchen und deutet auf die Stelle am Raumanzug.

»Mein Vater hat früher Flugzeuge gebaut«, sagst du. »Hubschrauber, Doppeldecker, Raketen. Alles, was fliegen konnte«, sagst du, und der Astronaut wirft Schatten auf den Boden, die sie mit ihren Blicken jagt.

»Lebt der eigentlich noch?«

»Wer?«, fragst du und siehst in Richtung Decke. Versuchst zu erkennen, was der da oben eigentlich treibt.

Das Gesicht des Raumfahrers verändert sich durch die Farben und das Licht, und du siehst ihm in die Augen und sagst: »Ja. Ich glaube, er lebt noch.«

Und dann weißt du, wer die Figur angemalt hat. Wer Neil Armstrongs Augen so blau gemacht hat.

»Mein Vater«, sagst du. »Mein Vater und ich. Gemeinsam haben wir die größten Errungenschaften der Wissenschaft nachgebaut. Und dann habe ich sie angezündet. Angezündet, verbrannt, gesprengt. Alles ist kaputtgegangen«, sagst du, und plötzlich willst du wissen, woher sie die Figur hat, aber du fragst nicht, weil du Angst vor der Antwort hast. Du hast Angst davor, dass du die Antwort bereits kennst.

»Alles ist kaputtgegangen«, sagst du. »Alles, nur er nicht. Er war auf dem Mond«, sagst du. »Er kann überall hin.«

Und dann geht das Licht aus.

Und dann wird alles schwarz.

Und dann siehst du den Wolf. Ganz kurz, in der Spiegelung. Und dann begreifst du. Gegen alles, was du verstanden zu haben glaubst, weißt du plötzlich, dass sie das ist.

Es gibt eine Frequenz, die alles in sich trägt. Die höchste, die reinste Form von Energie.

Der letzte Eintrag aus dem *Buch der Wunder*.

7

Penny?«

Das Licht ging wieder an. Ihre Augen leuchteten grün, wie Glas, das vor die Sonne gehalten wird.

»Penny, bist du das?«

Das Mädchen lächelte.

»Seltsam«, sagte sie. »Meine Mutter hat mich früher so genannt. Als ich klein war. Die Kurzform meines zweiten Vornamens. Penelope.«

Sie blickte auf die Figur in seiner Hand.

»Und du, später, am See. Du hast mir den Astronauten gegeben, weißt du noch?«

Sie fuhr mit dem Zeigefinger über Armstrongs Helm.

»Ich soll nicht in die Spiegelung sehen, hast du gesagt. Die Dunkelheit, hast du gesagt. Der Dämon. Keine Ahnung. Aber ich habe reingesehen. Und weißt du, was der See mir gezeigt hat?«

Schatten, zahllos in Farbe und Form, glitten über den Boden, über sie hinweg, verloren sich im Licht.

»Dich«, sagte sie. »Ich habe dich darin gesehen. Dich, wie du jetzt aussiehst.«

Sein Gesicht schmerzte. Ebenen aus Licht durchzogen die Leere, überlagerten und durchdrangen sich. Nebel kroch von irgendwoher über den Boden, und Tom fragte sich, was der Typ da oben wohl noch alles veranstalten würde.

Er betrachtete den Astronauten in seiner Hand.

»Weißt du«, sagte er, »manchmal glaube ich, dass ich den da noch brauche.«

»Klar«, sagte sie und schloss seine Finger um die Figur. »Er war auf dem Mond. Er bringt dich überall hin.«

Etwas verdichtete sich. In der Spiegelung.

Schwarze, sich ballende Schatten.

Das Mädchen stand auf.

»Viel Glück, komischer Junge vom See«, sagte sie, und Tom sah, wie sich etwas veränderte.

»Hier drin«, sagte sie und schlug dreimal gegen ihr Brustbein. »Es ist alles hier drin. Die ganze Wahrheit.«

Sieh nicht weg, dachte Tom. Sonst kommt es wieder. Immer wieder.

Die Narben brannten. Sein Gesicht stand in Flammen.

Du musst hinsehen. Sonst wird es schlimmer. Bis du begreifst.

8

Siehst du das?«

Vera legte eine Hand an die Scheibe, aber Karlmann sah nur den Werber zusammen mit diesem Mädchen in einem Glaskasten, der ihn mehr an das verrückte Spiegellabyrinth auf dem Jahrmarkt seiner Kindheit erinnerte als an einen Supermarkt.

»Hinter ihr. Da. In der Spiegelung ...«

»Vera.«

Karlmann seufzte.

»Ich werd auch schon ganz verrückt von dem ganzen Geblinke und Geflacker da drin. Aber das sind Schatten. Reflexe. Glaub mir, da ist nichts.«

»Es steht alles genau so in dem Heft«, flüsterte sie. »Der Dämon taucht auf, wenn du von deinem Weg abkommst. Um dich an den zu erinnern, der du bist.«

»Vera, da *ist* nichts.«

»Er braucht Blut, um sich in dieser Dimension zeigen zu können. Weißt du noch? Ich hab es dir vorgelesen ...«

»Und ich hab dir mindestens ein Dutzend Mal erklärt, dass in diesem Heft nur Spinnereien stehen.«

Doch plötzlich meinte auch Karlmann zu erkennen, dass die huschenden Schatten im Nebel Gestalt annahmen.

Eine Sinnestäuschung, natürlich. Ein Beweis dafür, dass Halluzinationen ansteckend waren. Weiter nichts.

»Das sind Werber, Vera. Die verdienen ihr Geld damit, Leute zu verschaukeln. Das sind technische Tricks. Außerdem verstehe ich nicht, warum du nicht einfach da reingehst und mit ihm sprichst. Deswegen sind wir doch hier, oder? Wir haben eine Vermisstenmeldung, und du hast den Verdacht, dass der Typ da drin mit all dem zu tun hat. Worauf wartest du also?«

»Darauf, dass die *Welt der Wissenschaft* und die *Welt der Wunder* wieder zusammen in einem Schuber stehen.«

»Okay.«

Karlmann schüttelte den Kopf und stand auf.

»Dann geh ich jetzt da rein. Schaffen wir die Sache ein für alle Mal aus der Welt. Dein Schulheft, den geheimnisvollen Werber, all die ganzen verrückten Geschichten.«

»Warte.«

Sie war der Scheibe jetzt so nah, dass Karlmann Angst hatte, Vera könnte von innen gesehen werden.

»Es kommt aus dem Glas.«

Karlmann hockte sich neben sie, um ihr zu beweisen, dass da nichts war.

Aber da war etwas. In der Spiegelung. Etwas Dunkles. Wie schwarze, sich im Zeitraffer ballende Wolken.

Es begann sich zu lösen.

9

Penny ...«

Tom wich einen Schritt zurück.

»Penny, was ist das?«

Er schloss seine Hand fest um Neil Armstrong und sah, wie die Wölfin Gestalt annahm.

»Ist das der Vorhang, Penny? Sind wir jetzt Pioniere?«

Das Flaschengrün ihrer Augen war voller Einschlüsse. Als hätte jemand das noch nasse Pupillenschwarz mit einem feinen Pinsel durch die wässrige Farbe gezogen, bis jeder Strahl auf andere Art zerfasert und verästelt war.

Grünes, gelbes, rotes und weißes Licht fiel über die Wölfin. Wie in der Kirche, wenn die Sonne durch das große Fenster mit den farbigen Scheiben leuchtete.

Tom spürte den Astronauten in seiner Hand warm werden.

Die höchste, die reinste Form von Energie, dachte Tom. *Die Frequenz, aus der alles entstanden ist. Von der aus du alles sein, alles verändern kannst. In jeder Sekunde neu.*

Er sah die Finsternis in der Scheibe. Blickte dem Dämon in die Augen und hielt den Anblick aus, bis er sich selbst darin erkannte.

Sein Gesicht, plötzlich ohne Narben.

Und dann war die Dunkelheit weg und die Scheiben waren klar. Der Raum sah aus wie vorher, aber etwas fühlte sich anders an. Es gab keine Trennung mehr, keinen Unterschied zwischen ihm und der Welt, den Dingen im Regal, der Dunkelheit und dem Licht. Tom war umgeben von fester Materie, aber sie schien zu vibrieren, sich mit jedem

Atemzug auszudehnen und wieder zusammenzuziehen. Alles war verbunden, aber das Gefüge blieb in Bewegung, reagierte auf jeden Gedanken, noch das kleinste Gefühl. Jede Winzigkeit löste eine Erschütterung aus, und alles lag in seiner Hand.

Weißt du noch?

Was du mir erzählt hast, damals, über die Entstehung der Welt?

Am Anfang war fast genauso viel Materie wie Antimaterie. Nur ein einziges Teilchen, ein kaum messbarer Unterschied war der Grund dafür, dass nicht nichts ist, sondern alles.

Ein winziges Teilchen.

Ein einziges starkes Gefühl.

Und dann

Bämm.

Dieses Buch gehört:

Penny UND *Tom*

Stefan Beuse

*1967, lebt in Hamburg. Er arbeitete u. a. als Texter, Fotograf und Journalist. Für sein literarisches Werk wurde er vielfach ausgezeichnet, u. a. mit dem *Preis des Landes Kärnten* beim *Ingeborg-Bachmann-Wettbewerb* und dreimal mit dem *Hamburger Förderpreis für Literatur*. Seine Romane *Kometen* und *Meeres Stille* wurden verfilmt und international ausgezeichnet. *Das Buch der Wunder* ist sein erster Roman im mairisch Verlag.

www.stefanbeuse.de